Schnitzler · Flucht in die Finsternis

Arthur Schnitzler

Flucht in die Finsternis

Novelle

Herausgegeben von
Barbara Neymeyr

Reclam

RECLAMS UNIVERSAL-BIBLIOTHEK Nr. 18459

Gesamtherstellung: Reclam, Ditzingen. Printed in Germany 2014

ISBN 978-3-15-018459-2

www.reclam.de

I

Es klopfte; der Sektionsrat erwachte, und auf sein unwillkürliches »Herein« erschien ohne weiteres der Kellner mit dem regelmäßig für acht Uhr bestellten Frühstück in der Tür. Roberts erster Gedanke war, daß er gestern abend nun doch wieder vergessen hätte, die Tür zu versperren; aber er hatte kaum Zeit, einer Verstimmung über dieses neuerliche Zeichen von Zerstreutheit nachzugeben, da seine Aufmerksamkeit sofort durch die auf der Frühstückstasse neben Tee, Butter und Honig bereitliegenden Briefschaften in Anspruch genommen wurde. Unter anderen, gleichgültigeren fand er ein Schreiben seines Bruders vor, in dem dieser seiner Freude über das nahe bevorstehende Wiedersehen Ausdruck gab und nach Mitteilung unwesentlicher Familienneuigkeiten mit einer nicht unabsichtlichen Beiläufigkeit seiner kürzlich erfolgten Ernennung zum außerordentlichen Professor Erwähnung tat. Robert setzte eine herzliche Glückwunschdepesche auf und ließ sie ohne Verzug zum Amt befördern. Wenn auch Berufspflichten und andere Lebensumstände den persönlichen Verkehr zwischen den Brüdern oft für Tage und Wochen zu unterbrechen pflegten, es kam doch immer wieder ein Ereignis, das – oft gerade in seiner Geringfügigkeit – sie beide ihre Zusammengehörigkeit als unzweifelhaft und unauflöslich empfinden ließ. Dem jüngeren Bruder zumal wollten bei solchen Gelegenheiten alle anderen abgelaufenen und noch bestehenden Beziehungen seines Lebens, sogar seine frühe Ehe mit einer trefflichen, nun längst verstorbenen Frau, als solche von geringerem Rang erscheinen, und immer mehr glaubte er das

Verhältnis von Bruder zu Bruder nicht nur für sich als den besten und reinsten Gewinn seines Daseins, sondern auch im allgemeineren Sinne als das einzige von natürlich gesicherter Beständigkeit zu erkennen; sicherer als das zu den Eltern, die man allzu früh in Alter und Tod entschwinden sieht, fester als das zu den Kindern, die man, wie Robert freilich für seine Person niemals erfahren hatte, wenn nicht an andere Menschen, so doch an ihre eigene Jugend zu verlieren bestimmt ist; vor allem aber blieb es jederzeit frei von jenen Trübungen, die, unerwartet aus dunklen Seelengründen aufsteigend, über die Beziehungen zwischen Mann und Weib wolkenhaft heraufzuziehen pflegen.

So nahm Robert des Bruders Brief, der gerade heute, am Tage seiner Abreise, anlangte, wie ein günstiges Vorzeichen entgegen und fühlte sich in seinen Hoffnungen für die Zukunft, in die er nach einer unruhvollen Zeit wie in eine neue Epoche seines Daseins treten sollte, wunderbar gestärkt.

Die Sonne stand schon ziemlich hoch, als Robert fertig gepackt hatte und sein Zimmer verließ. Es war die Stunde, da die meisten Gäste sich im Bad oder auf Spaziergängen befanden und es grade im näheren Umkreis des Hotels am stillsten war. Robert trat auf den breiten steinernen, weit ins Wasser laufenden Landungssteg, an den gelehnt der kleine helle Dampfer seine Mittagsrast hielt, blickte zu den wenigen, fast unbeweglichen, weißen, gelben und rötlichen Segeln hin, die im Kanal erglänzten, und ließ seine Augen endlich nordwärts gleiten, wo die Enge, allmählich sich verbreiternd, das offene Meer ahnen ließ. Er nahm den Hut ab, um sich die Sonne grade auf den Scheitel brennen zu lassen, atmete tief mit geöffneten Lippen, um den Salzgeschmack auf der Zunge zu spüren, und freute sich der linden Luft, die auf dieser südlichen Insel auch an solchen Spätoktobertagen oft noch mit sommerlicher Wärme schmeichelte. Allmählich kam ihm das Gefühl, als wäre der

Moment, den er eben durchlebte, in Wirklichkeit längst vergangen und er selbst, so wie er eben dastand – auf dem Landungssteg, den Hut in der Hand, mit geöffneten Lippen –, ein verschwimmendes Bild seiner eigenen Erinnerung. Er hätte gewünscht, dieses Gefühl, das ihn keineswegs zum erstenmal und durchaus nicht als ein unheimliches, sondern eher als ein erlösendes überkam, länger festhalten zu können; aber mit dem Wunsche selbst war es auch geschwunden. Und nun war ihm, als hätte er mit der Gegenwart sich entzweit; Himmel, Meer und Luft waren fremd, kühl und fern geworden, und ein blühender Augenblick welkte dürftig dahin.

Robert verließ den Steg und beschritt einen der schmalen, wenig begangenen Pfade, die unter Kiefern und Steineichen, zwischen wildwachsendem Gestrüpp, ins Innere der Insel führten. Doch auch die Landschaft schien ihm duftlos, trocken und ihres gewohnten Reizes wie entkleidet. Er freute sich jetzt, daß die Stunde der Abreise nahe war, und in seiner Seele tauchten höchst lebendige Bilder von winterlich-städtischen Vergnügungen auf, nach denen ihn schon lange nicht mehr verlangt hatte. Er sah sich im Theater, auf einem bequemen Samtsessel, der Betrachtung eines heiteren Bühnenspiels hingegeben, sah sich durch hellbeleuchtete, menschenerfüllte Straßen wandeln, zwischen lockenden Auslagefenstern mit köstlichen Juwelen und Lederwaren; und endlich erschien ihm seine eigene Gestalt, ein wenig aufgefrischt und verjüngt, im stillen Winkel eines behaglich-vornehmen Restaurants an der Seite eines weiblichen Wesens, dem seine Phantasie unwillkürlich Albertens anmutige Züge verlieh. Zum erstenmal seit der Trennung dachte er ihrer heute mit einiger Wehmut; er fragte sich, ob es sonderlich klug gewesen war, sie widerstandslos dem jungen Amerikaner zu überlassen, dessen sie, der gefährlichen Nähe entrückt, nach wenigen Tagen gewiß nicht mehr gedacht hätte, und er überlegte, ob es in jenem abendlichen Waldgespräch am Vierwaldstätter See nicht vielmehr seine Pflicht gewesen wäre, die Freundin zu warnen – statt ihr zur Annahme eines Heiratsantrages zu raten, der, trotz aller leidenschaftlichen Bestimmtheit, als Ergebnis einer Bekanntschaft von nur wenigen Tagen doch einigermaßen verdächtig erschien. Freilich täuschte sich Robert auch darüber nicht, daß sein augenblickliches Mißbehagen viel weniger aus solchen verspäteten Gewissenszweifeln als aus der dankbaren und nun beinahe schmerzlich erwachenden Erinnerung seiner Sinne floß.

Verspätet ins Hotel zurückgekehrt, nahm er sein Mittagessen wie immer allein an einem der breiten Saalfenster mit dem Blick aufs Meer. Nachher verabschiedete er sich höflich von einigen Badebekanntschaften und ließ sich endlich für eine kurze Weile am Tisch der Damen Rolf nieder, die auf der Uferterrasse ihren Nachmittagskaffee tranken. Fräulein Paula, der Robert während seines Aufenthalts auf der Insel keine besondere Aufmerksamkeit geschenkt hatte, wie ihm überhaupt der Verkehr mit unverheirateten Damen aus guter Familie wenig zusagte, betrachtete ihn heute mit einer Teilnahme, die ihn nachdenklich stimmte. Als er zum Abschied nicht nur der noch immer schönen, etwas hoheitsvollen Mutter, sondern, gegen seine Gewohnheit, auch der Tochter die Hand küßte, fühlte er auf seiner Stirn den warmen Glanz eines freundschaftlich-nahen Blickes ruhen, der gleichsam dunkler wurde, als ihm Roberts Augen begegneten.

Er begab sich ins Klavierzimmer, griff ein paar Akkorde auf dem verstimmten Flügel, verließ aber bald wieder den Raum, hinter dessen herabgelassenen Vorhängen der schwüle Nachmittag dunstete; und auf dem weißen, strahlenden Uferkies hin und her wandelnd, empfand er peinlich die unergründliche Leere jener nutzlosen Stunden vor einer festgesetzten Abreise. Daher entschied er sich, statt abends mit dem regelmäßigen Dampfer, lieber gleich mit einem der kleinen Motorboote, noch im vollen Licht, die kurze Strekke übers Meer zu fahren, und wanderte bis kurz vor Abgang des Zuges in den winklig-hügeligen Straßen der Hafenstadt umher, deren Altertümer zu besichtigen er sich täglich vorgenommen hatte, um es ebensooft und endlich bis zur letzten Stunde aufzuschieben. Als er auf den obersten verwitterten Stufen der Arena stand, vom entweichenden Tagesschein umflossen, stieg, gleich einer dunklen Mahnung, aus der Tiefe des ungeheuren Kreises der Abend zu ihm empor.

II

Als der Zug den Bahnhof verließ, verweilte Robert am Fenster seines Abteils und nahm ohne Rührung von der gegenüber im blaßrötlichen Grau verdämmernden Insel und vom Meere Abschied, auf dessen fernsten Wellen ein violetter Nachglanz der versunkenen Sonne schwamm. Zwischen ärmlichen Weinbergen keuchte der Zug langsam aufwärts, dem Karstland entgegen, und fuhr bald durch einen langen Tunnel in die abendliche Felsenlandschaft ein, deren Horizont nur die Ahnung, aber nicht mehr das Bild der See in sich faßte. Nun erst streckte sich Robert, den das Umherwandern in den unebenen und schlecht gepflasterten Straßen der alten Hafenstadt ermüdet hatte, auf sein Lager hin und suchte im Herzen nach dem frohen Vorgefühl, das ihn noch heute morgen während seines Spazierganges bewegt und beinahe beglückt hatte. Aber was er fand, war nicht Freude mehr, sondern eine sonderbare Bangigkeit, als fahre er einer bedeutungsvollen, ernsten Entscheidung entgegen. Kündigte die Nähe der Heimat in so unerwünschter Weise sich an? Sollte es ihm bestimmt sein, ebenso bedrückt, wie er fortgereist war, wieder heimzukehren, und brach nun nach manchen guten und freien Stimmungen der letzten Monate jenes Unbegreifliche, kaum in Gedanken, nimmer in Worte zu Fassende über ihn herein, das dunkel drohend noch Schlimmeres anzumelden schien?

Hatten die Ärzte sich geirrt oder ihn mit Absicht getäuscht, die von einer sechsmonatigen zerstreuenden Reise vollkommene Genesung für ihn zu erwarten behaupteten? Doktor Leinbach, sein Freund aus Jugendtagen, war freilich immer geneigt, Beschwerden, die man ihm klagte, leicht zu nehmen, und es konnte kaum als sehr beruhigend gelten, daß er alle irgendeinmal schon am eigenen Leib verspürt haben wollte. Aber daß auch Otto, wenn er ihn für ernstlich krank gehalten, die Verantwortung auf sich genommen hätte, den einzigen Bruder für ein halbes Jahr, ohne jede Begleitung, in die Welt hinauszuschicken, das war in keinem Fall anzunehmen. Zugleich aber mußte Robert sich fragen, und nicht zum erstenmal, ob er sich dem Bruder auch ohne Rückhalt aufgeschlossen und nicht vielmehr in sonderbarer Scheu noch in der letzten Unterredung ihm gegenüber seinen Zustand als harmloser dargestellt, als er selbst ihn empfunden hatte, in der unbewußten Hoffnung, auf diese Art ein gelinderes Urteil zu erfahren?

Urteil: dies war das Wort, das sich ihm innerlich aufdrängte; und es war das richtige. Denn von Jugend auf hatte er sich dem älteren Bruder gegenüber bei äußerlich glänzenderen Eigenschaften als einen Menschen von geringerem Wert erkannt, und er verhehlte sich nicht, daß sein eigener bürgerlicher Wandel von Otto zwar mit Nachsicht, oft aber mit Ungeduld und Unmut betrachtet wurde. Und Robert begriff das sehr gut. Ottos pflichtenschweres Dasein, der Ernst seines Berufes, bei dessen Übung es um so wesentliche Dinge wie um Leben und Gesundheit ging, sein sicheres und zugleich opfervolles Ruhen in der Familie, all das stellte sich für Robert in so hehrem Lichte dar, daß ihm dagegen seine eigene Existenz, wenn sie auch in den Rahmen eines Amts gespannt war, oft genug wie ohne rechte Würde und ohne tieferen Sinn erschien.

Von seinem Bruder als ein Genesener, ja als ein Gebesserter vielleicht, mit Herzlichkeit begrüßt zu werden, dünkte ihn das Beste, was die Heimat zum Empfang ihm bieten konnte. Und daß die freudige Erwartung eines guten Wiedersehens sich allmählich in eine immer unruhevollere Bangigkeit gewandelt hatte, das mußte verborgene Ursachen haben, denen Robert zögernd, aber widerstandslos nachgrübelte. Und er fühlte, wie aus den Gründen seiner Seele dumpf, doch unverscheuchbar, eine Erinnerung emportauchte, als wollte sie sich nicht länger in ihrem jahrelangen trügerischen Schlummer halten lassen; ein Wort fing an in ihm zu klingen, das sich vorerst seinen eigenen Sinn nicht einzugestehen wagte; und mit Absicht flüsterte er dieses Wort einmal, zehnmal, fünfzigmal vor sich hin, als vermöchte er es auf diese Weise seiner Bedeutung wie seiner Kraft zu berauben. Und wirklich begann es allmählich leerer und nichtiger zu werden, war am Ende nichts als ein zufälliges Nacheinander von Buchstaben, willkürlich aneinandergereiht, nicht sinnvoller als unter dem heimrasenden Zug das Singen der Räder, mit dem es sich vermischte und in dem es sich endlich für den mählich Entschlummernden völlig verlor.

III

Als Robert in strömendem Regen am Bahnhof in den Wagen stieg, gab er dem Kutscher zuerst die Adresse seiner früheren Wohnung, die er vor der Abreise aufgegeben hatte; dann erst, sich besinnend, nannte er den Namen des alten Gasthofes, in dem er Quartier bestellt hatte. Hinter einer Kirche, zwischen hohen, düsteren Häusern der inneren Stadt gelegen, bot er nicht den freundlich-festlichen Anblick dar, mit dem neuentstandene den Anlangenden willkommen zu heißen pflegen; Robert aber hatte grade diesen gewählt, nicht nur, weil seine Geldmittel, wenn auch noch leidlich zusammengehalten, ihm einen längeren Aufenthalt in einer der moderneren Fremdenherbergen nicht gestatteten, sondern auch, weil er grade hier in einem Zimmer des vierten Stockwerks vor vielen Jahren in Gesellschaft eines längst verstorbenen Freundes, dessen Geliebte hier wohnte, manche fröhliche Stunde verbracht hatte. In seiner Erinnerung hatte er das Bild des Gasthofes sonderbarerweise wie das eines kleinen, alten Palastes aufbewahrt und suchte nun vergeblich nach den Spuren verblichener Pracht, die damals eine solche Täuschung hervorgerufen oder begünstigt haben mochten. Weder gab es die kunstreichen Zierate an dem eisernen Treppengeländer, noch waren an den Flurdekken die barocken Reliefs zu sehen, die er zu finden erwartet hatte; und der Stiegenteppich, schmal und zerschlissen, schimmerte in einem verblaßten und ärmlichen Purpurrot. Doch das Zimmer, das man ihm anwies, hochgewölbt, mit zwei breiten Fenstern, behaglich eingerichtet und mit dem Ausblick auf die grünpatinierte Kirchenkuppel, versöhnte ihn mit dem trübseligen ersten Eindruck. Er ließ sein Gepäck heraufschaffen und machte sich sofort daran, mit Hilfe einiger Kleinigkeiten aus eigenem Besitz, die er auch auf Reisen stets mit sich zu führen pflegte, wie Briefmappe, Papiermesser, Aschenschale und dergleichen, dem Gasthofzimmer einen leisen Schein von Häuslichkeit zu verleihen. Nachher begab er sich in das Badezimmer, dem wohl anzumerken war, daß es nur nach der widerwillig anerkannten Forderung einer neuen Zeit aus irgendeinem unbenützten

Bodenraum für seine jetzige Bestimmung umgewandelt worden war. Eine gelbliche, in die Decke eingelassene Lampe verbreitete spärliches Licht in dem fensterlosen Raum, und durch den länglichen Spiegel, der in einem glatten, alten Goldrahmen an der Wand hing, ging ein Sprung von unten bis oben. Seiner Gewohnheit nach blieb Robert ziemlich lange im Bad, dann, den rauhen, weißen Mantel um die Schulter geschlagen, trat er vor den Spiegel hin und fand sein bartloses, schmales Gesicht recht frisch, ja sogar für seine dreiundvierzig Jahre von ziemlich jugendlichem Aussehen. Schon wollte er sich befriedigt abwenden, als aus dem trüben Glas in rätselhafter Weise ein fremdes Auge ihn anzublicken schien. Er beugte sich vor und glaubte zu bemerken, daß das linke Lid tiefer herabsinke als das rechte. Er erschrak ein wenig, prüfte mit den Fingern nach, zwinkerte, preßte die Lider fest aneinander und öffnete sie wieder – doch der Unterschied gegenüber der rechten Seite blieb bestehen. Er kleidete sich rasch an, trat vor den großen Wandspiegel zwischen den beiden Fenstern, öffnete die Lider, so weit er vermochte, und mußte feststellen, daß das linke Lid seinem Willen nicht so rasch gehorchte wie das rechte. Doch das Auge selbst blickte klar, die Pupille antwortete dem Lichtreiz ohne Zögern; und da Robert sich überdies erinnerte, daß er die Nacht hindurch auf der linken Seite gelegen hatte, schien immerhin eine genügende Erklärung für die Schwäche des Lids gegeben. Trotzdem nahm sich Robert vor, morgen Doktor Leinbach oder Otto zu Rate zu ziehen oder, lieber noch, es darauf ankommen zu lassen, ob sein Bruder die Ungleichheit der Lider von selbst entdecken würde. Zugleich aber fühlte er diesen Vorsatz wie von einer unbestimmten Angst durchzittert, ungefähr so, als wenn er etwas Unrechtes begangen hätte und zumindest eines Verweises, wenn nicht gar einer Strafe gewärtig sein müßte. Zuerst wehrte er sich dagegen, diese Regung zu verstehen; dann streckte er beide Arme aus, wie um einen nahenden Feind abzuwehren, entfernte sich von seinem Spiegelbild und trat zum Fenster hin, an das die schweren Regentropfen klatschten. Sein Blick fiel auf die Marmorstatue des heiligen Christophorus, die gegenüber in einer Mauernische der Kirche stand, gradeso wie vor zwanzig Jahren. Nun erst merkte er, daß er sich in demselben Zimmer befand, das die Geliebte seines Freundes Höhnburg vor so vielen Jahren bewohnt hatte; nur die Möbel waren neu, und statt der schweren dunkelroten Plüschportieren fiel von der Messingstange des Alkovens in leichten Falten ein lichter, geblümter Kretonnevorhang herab, der zu der Farbe der neuen Tapete abgestimmt war. Sollte er diese Veränderung ins Helle, Freundliche als günstige Vorbedeutung ansehen? Er versuchte es vergebens. Denn mit grausamer Deutlichkeit stieg vor Roberts Sinnen der längst vergangene Frühlingsabend wieder auf, an dem nicht nur des Freundes, sondern – wie er tief erschauernd fühlte – vielleicht schon sein eigenes Schicksal geheimnisvoll sich angekündigt hatte. Und er erlebte ihn wieder.

Mit seinem Bruder Otto, dem Leutnant Höhnburg und anderen guten Bekannten war er nach einem Wettrennen in der Freudenau in einem menschenüberfüllten Pratergarten eingekehrt. Höhnburg war unter ihnen allen der Lauteste und Lustigste gewesen, noch lauter und übermütiger, als er sonst zu sein pflegte, und es war nicht sonderlich aufgefallen, als er dem Kellner ein Trinkgeld in ungewöhnlicher Höhe überreichte. Auf dem Heimweg aber hatte Otto den Bruder beiseitegenommen und ihm anvertraut, daß ihr gemeinsamer Freund Höhnburg – was die andern noch nicht ahnten, er selbst als Arzt aber seit etlichen Tagen mit Bestimmtheit wußte – unheilbarem Wahnsinn verfallen sei und in spätestens drei Jahren unter der Erde liegen werde. Robert lehnte sich zuerst gegen die Zumutung auf, in dem jungen Kavallerieoffizier, der ein solches Bild ungetrübter, ja gesteigerter Gesundheit bot und der zudem sein Freund war, einen Gezeichneten, einen Verurteilten zu erblicken. Als er sich aber endlich den Fachkenntnissen seines Bruders gegenüber bescheiden mußte, begann ihm Wesen und Benehmen, ja die ganze Erscheinung seines Freundes unheimlich und immer unheimlicher zu werden; er vermied es, das Wort an ihn zu richten, ja hatte geradezu Angst, daß jener sich wieder zu ihm wenden und vielleicht den Arm unter den seinen schieben würde, und ohne Abschied verschwand er aus der Gesellschaft. Schon wenige Tage darauf erlitt Höhnburg einen Tobsuchtsanfall und mußte einer Anstalt übergeben werden.

Bei der nächsten Begegnung mit Otto, ohne vorherige Absicht, wie einer ganz plötzlichen, unwiderstehlichen Eingebung folgend, stellte Robert die Forderung an den Bruder, dieser möge, wenn er irgendeinmal, sei es morgen oder in ferner Zukunft, die Vorzeichen einer Geisteskrankheit an ihm entdecke, ihn ohne weiteres auf rasche und schmerzlose Weise, wie sie dem Arzte ja immer zu Gebote stünde, vom Leben zum Tode befördern. Otto verspottete ihn zuerst als unverbesserlichen Hypochonder, Robert aber gab nicht nach und erklärte, daß brüderliche Liebe einen solchen Dienst nie und nimmer verweigern dürfe, da ja in jedem andern Fall der Kranke selbst nach Belieben seinen Leiden ein Ende machen könnte, während eine Geistesstörung den Menschen zum willenlosen Sklaven des Schicksals erniedere. Otto brach unmutig das Gespräch ab. Im Laufe der nächsten Wochen aber kam Robert mit solcher Beharrlichkeit immer wieder auf seine Forderung zurück, unterstützte sie mit so ruhig vorgebrachten und eigentlich unwidersprechlichen Gründen, daß Otto, um nur das unleidliche Geschwätz endlich loszuwerden, sich das erbetene Wort entreißen ließ. Doch auch damit gab Robert sich noch nicht zufrieden; er schrieb an seinen Bruder einen Brief, darin er ihm trocken, gradezu geschäftsmäßig, den Empfang jenes Versprechens bestätigte und ihm überdies riet, diese Bestätigung sorgfältig aufzubewahren, um sich vielleicht später einmal Anklägern oder Zweiflern gegenüber mit der unwiderleglichen Rechtfertigung einer notwendigen Tat ausweisen zu können.

Nach Absendung seines Briefes fühlte Robert sich beruhigt, und es war von nun an, wie im gegenseitigen Einverständnis, zwischen den Brüdern von jener Abmachung mit keinem Worte, ja nicht einmal andeutungsweise mehr die Rede gewesen. Robert aber fühlte sich wie von einem Bann befreit; ja ihm war, als wäre nun von allen Möglichkeiten, die sein Dasein bedrohen könnten, grade jene düsterste ein für allemal aus der Welt geschafft. Auch als er sich im letzten Frühling gezwungen sah, jeder Beschäftigung zu entsagen, weil sein Gedächtnis versagte – als er sich aus der Gesellschaft zurückzog, weil ihn die gleichgültigsten Worte ärgerlich oder gar schmerzlich berührten, als er sogar sein geliebtes Klavierspiel aufgeben mußte, weil es ihn selbst manchmal bis zu Tränen rühren konnte, deren er sich dann schämte –, auch damals hatte er keineswegs den Ausbruch des Wahnsinns gefürchtet, so wenig eine solche Befürchtung ihn während der ganzen Reise gequält hatte; und er wußte untrüglich, daß gestern abend im Eisenbahnwagen vor dem Einschlafen das schicksalsvolle Wort für ihn zum erstenmal aus seiner Buchstabentotheit wieder zu lebendiger Bedeutung erwacht war. Damit aber schien ihm der Vertrag zwischen ihm und seinem Bruder neu in Kraft getreten, und jenes Schreiben, das Otto gewiß sorgfältig aufbewahrt hatte, war zum Schuldschein geworden, gegen dessen stumme Unerbittlichkeit es in einer herandrohenden Stunde keinen Einspruch gab. Doch bedurfte es überhaupt eines solchen Scheins? War Otto nicht der Mann, einen

Verlorenen aus der Welt zu schaffen, auch ohne durch einen bindenden Vertrag der Verantwortung enthoben zu sein – einfach aus Menschenliebe? Und Robert zweifelte nicht, daß sich kluge und edle Ärzte zu einem Vorgehen solcher Art viel öfter entschließen, als im allgemeinen bekannt zu werden pflegt; auch ohne Rechtfertigungsbriefe in der Hand zu haben, wie Otto einen besaß.

Aber kam es nicht auch vor, daß Ärzte sich täuschten? Können sie nicht selbst irrsinnig werden und einen geistig Gesunden für geisteskrank halten? Und ist auf solche Art nicht einer dem andern rettungslos ausgeliefert – der Kranke dem Gesunden, wie der Gesunde dem Kranken? An dieser Stelle aber riß Robert sich gewaltsam zurück. Er wollte sich's nicht länger gefallen lassen, daß krankhafte Grübeleien ihn wehrlos in das trübe Land schwankender Möglichkeiten trieben, wo das Höchstwahrscheinliche und das kaum Vorstellbare in unlauterer Nähe beisammenwohnten. Wieder warf er einen raschen Blick in den Spiegel. Einen Unterschied zwischen rechts und links vermochte er jetzt nicht mehr wahrzunehmen. Beide Augen blickten etwas trüb und ermüdet, doch war er auf dem linken von Jugend auf ein wenig kurzsichtig gewesen und hatte die Gewohnheit angenommen, es zuweilen zusammenzukneifen. Dazu kam, daß er heute nacht kaum geschlafen hatte. Er sah im ganzen, das war nicht zu leugnen, abgespannt und übernächtig aus. So entschloß er sich, den beabsichtigten Besuch vorläufig zu verschieben, um Otto nach einer gut verbrachten Nacht, erfrischt, in gehobener Stimmung und womöglich – denn auch dies erschien ihm nicht ohne Bedeutung – bei gänzlich aufgehelltem Wetter zum erstenmal wieder gegenüberzutreten.

IV

Bald darauf trat er aus dem Tor des Gasthofs, behagte sich in der Vorstellung, als Fremder in den Straßen einer unbekannten Stadt umherzuspazieren, und nahm mit Absicht sein Mittagessen in einem Gasthaus, in das er früher niemals eingetreten war. Dann begab er sich auf die Suche nach einer Wohnung, lief stundenlang in verschiedenen Häusern treppauf, treppab, besichtigte Dutzende von leeren und von bewohnten Räumen, störte irgendwo eine junge Dame beim Klavierspiel, unterbrach anderswo einen Lehrer beim Unterricht zweier Knaben, unterhandelte mit zuvorkommenden, gleichgültigen und mürrischen Vermietern und Hausbesorgern und konnte sich bei all dem niemals vorstellen, daß sein ganzes Unternehmen ernst gemeint sei und zu einem bestimmten Ziel führen sollte. Einmal geriet er in eine Straße, wo Erinnerungen einer längstvergangenen Zeit ihn umschwebten; hinter jenem Eckfenster im zweiten Stock hatte er vor vielen Jahren glückliche oder doch zum mindesten angenehme Stunden verlebt; und nicht eben schmerzlich, sondern eher wie einer kleinen Unannehmlichkeit wurde er sich des Umstandes bewußt, daß er heute so einsam in der Welt stand wie kaum je zuvor. Flüchtig zog ihm wieder Alberta durch den Sinn; gleich darauf aber, farbig und scharf umrissen, tauchte sehr lebendig das Bild des Fräulein Rolf vor ihm auf, der er sich durch den Abschiedsblick von gestern näher verbunden fühlte. Er versuchte sich ihren Vornamen ins Gedächtnis zu rufen, was ihm vorerst nicht gelang. Übrigens wußte er wenig von ihr und ihrer Familie; es war ihm kaum mehr bekannt, als daß Mutter und Tochter sowohl daheim als auf Reisen meist ohne den Vater zu sehen waren, der, ein gesuchter, fast berühmter Advokat, wegen seiner unglücklichen Neigung zum Börsenspiel doch eines zwiespältigen

Rufes genoß. Hiermit mochte es auch zusammenhängen, daß die einzige Tochter, die gewiß schon in der zweiten Hälfte der zwanziger Jahre stand, bisher unvermählt geblieben war; und dunkel glaubte sich Robert eines Gerüchtes zu erinnern, das sie mit einem berühmten, seither verstorbenen Musiker verlobt gesagt hatte. Während er so über sie nachdachte, wurde ihm ihre Gestalt immer rührender und erschien ihm wie von Geheimnissen umflossen.

Am Abend besuchte Robert ein Vorstadttheater. In behaglicher, etwas müder und traumhafter Stimmung folgte er dem heiteren, musikalischen Spiel und war kindlich erfreut, als ihm der erste Komiker mitten in einem Couplet von der Bühne herab vertraulich zunickte. Nach dem Theater nahm er den Weg in ein Kaffeehaus der inneren Stadt, wo sich seit Jahren allabendlich ein kleiner Kreis von Bekannten zu versammeln pflegte, mit denen Robert von der Reise aus, wenigstens anfangs, auf Ansichtskarten flüchtige Grüße getauscht hatte. Als er eintrat, sah er in der gewohnten Ecke Herrn August Langer sitzen, Vetter seiner verstorbenen Frau, einen liebenswürdigen, älteren Herrn, höheren Bankbeamten, der durch Tracht und Haltung seine vielbemerkte Ähnlichkeit mit einem in Sportkreisen sehr populären Aristokraten zu unterstreichen suchte. Schon von weitem, aber ohne sich zu erheben und ohne die Zeitung aus der Hand zu legen, winkte Langer dem Eintretenden zu, drückte ihm dann freundlich die Hand und stellte sofort mit Befriedigung dessen vorzügliches Aussehen fest. Rudolf Kunrich trat heran, ein kleiner Hofschauspieler, und stimmte Herrn Langer zu. Beide, sowohl Kunrich als auch Langer, erschienen Robert in den sechs Monaten seines Fernseins um viele Jahre gealtert. Der Eintritt Leinbachs, der als Familienvater und vielbeschäftigter Arzt hier nur ein seltener Gast war, bedeutete für Robert eine angenehme Überraschung. Leinbach, den Freund erblickend, nahm ihn sofort für sich allein in Anspruch, stellte die üblichen Fragen, wie man sie an einen von langer Reise Heimgekehrten zu richten pflegt, und fragte ihn endlich, ob er schon wieder ins Amt gehe.

Robert äußerte Zweifel, ob er einer Wiederaufnahme seiner Berufstätigkeit schon gewachsen sei.

Doktor Leinbach lächelte nur.

Robert beharrte: »Du vergißt, wie sehr ich mit meinen Nerven herunter war im Frühling, bevor ihr mich auf Reisen geschickt habt.«

Leinbach zuckte die Achseln: »Mein lieber Freund, wenn einer in der glücklichen Lage ist, sich wegschicken zu lassen – so schicken wir ihn natürlich weg. Andererseits gibt es viele Leute, denen es einfach nur an Zeit mangelt, verrückt zu werden.«

»Verrückt«, wiederholte Robert bei sich, warum sagt er gleich »verrückt«? Wenn ich nun die Geschichte mit meinem Augenlid vorbrächte? Es wäre vielleicht der richtige Moment. Und vorsichtig begann er: »Ich hatte übrigens die Absicht, dich morgen in deiner Ordinationsstunde heimzusuchen.«

»Ordinationsstunde –?! Da gehören zwei dazu, mein Lieber. Da müßte ich dich vor allem als Patienten ansehen.«

»Mir fällt nämlich seit einiger Zeit auf«, sagte Robert unbeirrt, »daß – mein linker Arm beträchtlich schwächer ist als mein rechter.« Der Einfall war ihm im gleichen Augenblick gekommen. »Ja, lach nur, es ist doch so.« Er hob langsam seinen linken Arm und ließ ungeschickt die Finger spielen.

»Na«, meinte Leinbach übertrieben heiter, »pack doch einmal mein Handgelenk mit deinem gelähmten linken Arm!«

Robert tat so, und Leinbach ließ ein scherzhaftes »Au« hören. »Und doch«, sagte Robert, »versichere ich dir: heute früh war mir, als könnte ich den Arm überhaupt nicht rühren; ja, die ganze linke Seite war irgendwie in dieses eigentümliche Gefühl miteinbezogen. Ich verspürte auch eine sonderbare Müdigkeit der linken Gesichtshälfte, und« – er wagte sich immer weiter vor – »das linke Auge konnte ich kaum öffnen.« Zugleich, da er den Blick Leinbachs doch mit einer gewissen ärztlichen Schärfe auf sich gerichtet sah, riß er beide Augen weit auf, um sich ja nicht zu verraten.

»Unsinn«, sagte Leinbach, »eine Seite ist bekanntlich immer schwächer als die andere. Die sogenannte Symmetrie der beiden Körperhälften ist überhaupt eine Fabel, das weißt du doch. Übrigens – wo bist du nur zuletzt gewesen? Am Meer, im Süden, nicht wahr? – Das war vielleicht nicht ganz das Richtige, besonders als Abschluß. Ich an deiner Stelle würde doch, bevor ich mein Amt antrete, ein paar Tage Gebirgsluft schnappen.«

»Du glaubst –?«

»Nicht etwa, daß ich es für notwendig hielte – keine Spur. Aber wenn man's tun kann …« Er seufzte. »Von mir aus magst du natürlich ruhig in Wien bleiben.«

Der Dichter Kahnberg trat an den Tisch, begrüßte Robert zu dessen Verwunderung wie einen sehnlichst erwarteten Freund, zog ihn mit sich an einen Nebentisch, erzählte ihm die Fortsetzung einer Herzensgeschichte, von deren Beginn Robert seiner Erinnerung nach niemals das geringste erfahren hatte, und erkundigte sich, ob ein Buch, das er an ihn vor etlichen Monaten abgesandt, richtig angelangt sei. Robert besann sich, daß ihn das Werk, ein Drama in Versen, mit einer sehr warmen Widmung von der Hand des Dichters, erreicht und daß er es auch gelesen hatte. Doch vermochte er sich des Inhalts durchaus nicht zu erinnern. Er war eben in Verlegenheit, wie er sich verspätet bedanken und was er über das Buch sagen sollte, als die Herren insgesamt aufbrachen, um den Abend in einer Bar zu beenden. Robert schloß sich gerne an, und bald saßen sie alle in einem niederen, menschenerfüllten, überhellen Raum an kleinen Tischen und lauschten dem Klavierspieler, der Opernarien, Tänze, Lieder, aufs feinste harmonisiert, mit zwanglosen Übergängen unermüdlich vortrug.

Robert besonders hörte mit einer Art von fachmännischem Vergnügen zu, da sein eigenes Talent demjenigen dieses Nachtpianisten, der tagsüber als Sparkassenbeamter sein Brot verdiente, einigermaßen verwandt war. Doktor Leinbach versuchte sein persönliches Verhältnis zur Musik philosophisch klarzulegen. Er sprach dieser Kunst einen sozusagen amoralischen Charakter zu, indem er für seinen Teil unter dem Einfluß schöner Klänge sich stets geneigt fühle, sich von sämtlichen Fehlern und Sünden, begangenen und zukünftigen, ein für allemal zu absolvieren. Robert erinnerte sich, daß er dieses Lokal zuletzt in Albertens Gesellschaft besucht hatte; und er fragte sich, wo sich die einstige Geliebte jetzt wohl befinden möge. Ob der junge Amerikaner, mit dem sie abgereist war, sie wirklich geheiratet hatte? Er zweifelte daran. Der Mann konnte doch ebensogut ein Hochstapler gewesen sein und sie drüben oder schon hier in Europa im Stich gelassen haben. Wie gewissenlos war er doch gewesen, sie – nicht etwa aus Edelsinn, sondern aus verletzter Eitelkeit – aufzugeben und einem wildfremden Menschen zu überlassen oder geradezu auszuliefern.

Immer mehr Leute drängten in den kleinen Raum und zwängten sich zwischen Tischen und Stühlen durch. Eine sehr große, unnatürlich magere junge Dame in Begleitung von zwei Herren blieb eine Weile, mit den Blicken im Saal umherschweifend, nah von Robert stehen, und ihr Arm streifte den seinen. Da sie keinen Platz fand, wandte sie sich mit ihren Begleitern wieder zum Gehen, doch an der Tür sah sie sich lächelnd nach Robert um.

Ein frisch gefülltes Glas Champagner stand vor ihm. Er trank es in einem Zug aus – mit Lust, fast mit Begier. Der

Klavierspieler phantasierte über Themen aus Wagnerschen Opern in parodistischem Walzertempo. Irgend etwas längst Vergangenes zog durch Roberts Sinne. Vor vielen Jahren, zu Beginn seiner Ehe, war er einmal während einer Tristan-Aufführung mit seiner jungen Gattin in der verdunkelten Loge sehr zärtlich gewesen. Es war ihm nun in der Erinnerung, als hätte er sie damals unendlich geliebt, und er dachte, daß vielleicht manches in seinem Leben anders gekommen wäre, wenn sie nicht so jung hätte sterben müssen. Trotz dieses wehmütigen Einfalls fühlte er sich ganz behaglich und merkte, daß er mit der Hand sanft zum Klavierspiel den Takt schlug. Er lächelte oder wollte vielmehr lächeln, denn plötzlich fühlte er seine Lippen zucken, Tränen stiegen ihm in die Augen, und er konnte sich eben noch mit Mühe zurückhalten, laut aufzuschluchzen. Er biß die Zähne zusammen, sah rings um sich, ob irgend jemand seine Schwäche bemerkt hätte, und lachte nun auf, aber so laut und schrill, daß etliche Blicke sich nach ihm wandten. Leinbach schaute ihn scharf an. »Was hast du?« fragte er. Robert schüttelte den Kopf. »Mir ist was Komisches eingefallen«, sagte er. – »Darf man wissen?« fragte Leinbach anscheinend nur aus Neugier. – »Nichts für euch, nichts für euch«, erwiderte Robert, blickte dann verstohlen umher, stellte für sich fest, daß er keine weitere Aufmerksamkeit erregte und daß nur aus einer Ecke zwei Augen, die einem jungen Mädchen angehörten, höhnisch oder vielleicht bedauernd auf ihn starrten. Er gab den Blick so hart zurück, daß das junge Mädchen wegsah und mit Beflissenheit durch den Strohhalm ihr Eisgetränk weiterschlürfte. Robert aber sagte sich, daß er nicht länger bleiben dürfe, und rief nach dem Kellner. Ich werde nicht so dumm sein und ihm zehn Gulden Trinkgeld geben, dachte er. Indes war die ganze Rechnung schon von August Langer beglichen worden. Robert bedankte sich mit humoristischer Übertriebenheit und empfahl sich. In den Teller auf dem Deckel des Pianinos legte er zu den dort schon gesammelten kleineren Münzen ein goldenes Zehnkronenstück, ärgerte sich zugleich, wagte aber nicht, es wieder zurückzunehmen. Der Pianist nickte zum Dank, und immerfort weiterspielend sagte er: »Herr Sektionsrat sind verreist gewesen? Nun wird man aber hoffentlich wieder öfter das Vergnügen haben.« Wie nett doch die Leute mit mir sind, dachte Robert. Alle: Kahnberg, Langer, der Klavierspieler; – sogar der Komiker im Theater hat mir von der Bühne her zugenickt. Nur Leinbach ist und bleibt ein unleidlicher Narr. – Er haßte ihn in diesem Augenblick.

Die Straßen waren beinah menschenleer. Von einer Turmuhr schlug es zwei. Ein Glück, dachte er, daß man noch keine Amtsstunden einzuhalten hat und sich morgen wird ausschlafen können. Er ging rasch und sicher, trällerte vor sich hin, endlich begann er sogar zu singen mit einer schönen dunklen Stimme, die ihm selber fremd vorkam. Vielleicht ist es gar nicht meine Stimme, dachte er, vielleicht bin ich es überhaupt gar nicht selber? Vielleicht träume ich? Vielleicht ist es mein letzter Traum, den ich träume, der Traum auf dem Sterbebett?

Er erinnerte sich eines Einfalls, den Leinbach vor Jahren in größerer Gesellschaft ganz ernsthaft, ja, mit einer gewissen Wichtigkeit vorgebracht hatte. Er hatte damals einen Beweis gefunden, daß es eigentlich keinen Tod auf der Welt gebe. Es sei ja zweifellos, erklärte er, daß nicht nur für Ertrinkende, sondern daß für alle Sterbenden im letzten Augenblick das ganze Leben mit einer ungeheuren, für uns andere gar nicht zu erfassenden Geschwindigkeit noch einmal sich abrolle. Da nun dieses erinnerte Leben natürlich auch wieder einen letzten Augenblick habe und dieser letzte Augenblick wieder einen letzten, und so weiter: so bedeute das Sterben im Grunde nichts anderes als die Ewigkeit –

unter der mathematischen Formel einer unendlichen Reihe. Robert erinnerte sich noch, wie erbittert Otto dieses Gefasel zurückgewiesen hatte; Robert aber, ohne sich für Leinbachs Auffassung gradezu einzusetzen, hatte keineswegs vermocht, sie völlig unsinnig zu finden. Wenn jene Erklärung stimmte, so wußte man freilich nie, zum wievielten Male man irgendeine Sache durchlebte, und überdies war es gleichgültig, da man ja alles unendliche Male zu durchleben verdammt war. – Ach, Unsinn über Unsinn! Eine fragwürdige Erscheinung, dieser Leinbach, und als Arzt überhaupt nicht ernst zu nehmen! Den konnte man natürlich anschwindeln, wie man nur wollte; es war keine Kunst. Mit Otto würde man kein so leichtes Spiel haben ...

Das Tor des Gasthofs öffnete sich vor ihm. Als er die Treppen hinaufstieg, standen plötzlich wieder, wie vor beinah zwanzig Jahren, die Wände eines kleinen alten Palastes um ihn; und das verblichene Rot des Stiegenteppichs leuchtete wie Purpur unter seinen Füßen. Zum wievielten Male schritt er wohl diese Treppe jetzt hinauf? Zum hundertsten, zum tausendsten Male? Und immer wieder? Wie oft war sie der arme Höhnburg hinaufgegangen zu seiner geliebten Schauspielerin? Und ging er sie immer noch, und mußte sie ewig gehen –?! Zum Teufel mit den unsinnigen Gedanken! Jedenfalls wollte sie nicht enden, diese Treppe. In welche Finsternis verlor sich der Gang? Jäh war die Beleuchtung im Stiegenhaus verlöscht. Robert schrak zusammen. Aber er faßte sich, entzündete ein Streichholz und leuchtete sich so bis zur Tür. Als er sie hinter sich geschlossen und das Zimmerlicht eingeschaltet hatte, atmete er auf, wie einer Gefahr entronnen.

V

Mit einem aufgetakelten Segelboot sowie einem Schlachtschiff, die er beide soeben in einem Spielwarengeschäft in dankbarer Erinnerung an seinen Aufenthalt am Meer erstanden, trat er am nächsten Tag in das Zimmer seiner Neffen, eines neunjährigen und eines sechsjährigen Knaben, die dem Oheim und den Geschenken einen freudigen Empfang bereiteten. Eben war er daran, den Kindern, ohne besondere Fachkenntnisse, aber höchst gemeinverständlich, die Bauart der kleinen Modelle zu erläutern, als die Mutter mit vielen kleinen Paketen heimkehrte und Robert aufs herzlichste willkommen hieß. Mit ihrem gewohnten spöttisch-vergnügten Lächeln bat sie ihn, sich in seinen technischen Erörterungen nicht stören zu lassen. Gleich nach ihr, wie in einer Vorahnung von Roberts Besuch, zu früherer Stunde als gewöhnlich, trat Otto ein, noch im Überrock und mit der schwarzledernen Instrumententasche. Sein Haar und sein Bart erschienen Robert recht ergraut. »Nun also, da wäre man ja wieder«, sagte er etwas trocken. Er legte die Tasche hin, ergriff des Bruders Hände, schüttelte sie, und nach einem leichten Zögern umarmte er ihn, worauf sie beide etwas verlegen waren. Marianne nickte wie befriedigt. »Du kommst heute wohl schon aus dem Ministerium?« fragte Otto. – »Du überschätzt meinen Eifer«, sagte Robert. »Mein Urlaub ist noch nicht abgelaufen, und es wäre nicht undenkbar, daß ich noch auf ein paar Tage ins Gebirge gehe. Edmund, den ich gestern abend zufällig im Café getroffen habe, rät mir dazu.« Er hatte absichtlich Leinbachs Vornamen genannt, um ihn gewissermaßen als den alten Freund und nicht etwa in seinem für Otto immer etwas anzweifelbaren ärztlichen Charakter ins Gespräch einzuführen. Otto konnte trotzdem ein ironisches Lächeln nicht unterdrücken. Um so mehr ließ es sich Robert später, als man bei Tische saß, angelegen sein, Leinbachs menschliche Vorzüge, insbesondere seine Liebenswürdigkeit und Gutherzigkeit zu loben, wobei er die Absicht verfolgte, sich von dieser Seite eines Schutzes gegenüber feindseligen Mächten zu versichern. Er sprach lebhaft, mit bewußter Aufgeräumtheit, berichtete dann ebenso von seiner Reise, verweilte mit besonderer Wärme bei der Schilderung der schönen Sommertage am Vierwaldstätter See, ohne Albertens zu erwähnen, und es war ihm dabei, als wenn er irgendeinen über ihm schwebenden Verdacht abwehren müßte.

Nach Tisch, da der Bruder Ordination abhalten mußte, blieb Robert mit der Schwägerin allein. Schweigend rauchte er seine Zigarre, als Marianne sich mit der Frage an ihn wandte: »Was macht denn dein Klavierspiel?« – »Mein Klavierspiel«, wiederholte er etwas melancholisch, »das weiß ich eigentlich selber nicht. Auf Reisen kommt man begreiflicherweise wenig dazu. Manchmal hat es mir wohl gefehlt.« – »Uns auch«, meinte Marianne lächelnd. Es war Roberts Gewohnheit gewesen, sich nach den Mahlzeiten, die Zigarre zwischen den Lippen, an den Flügel zu setzen und sich, wie Marianne es nannte, musikalischen Kaffee- und Havannaphantasien hinzugeben. So erhob er sich auch jetzt, begab sich ins Nebenzimmer ans Klavier und spielte allerlei Ernstes und Heiteres, Klassisches und Banales, nach- und durcheinander, ähnlich wie es gestern der Pianist in der Bar getan.

Plötzlich ließ er die Hände auf den Tasten ruhen, wandte sich nach Marianne um, die in der Diwanecke, mit einer Stickerei beschäftigt, seinem Spiele gefolgt war, und sagte: »Nun ist's genug. Es geht ohnehin nicht recht.« Und da sie eine Einwendung erhob, fuhr er fort: »Auch ist es höchste Zeit, daß ich mich wieder auf die Wanderschaft mache. Ich bin nämlich auf Wohnungssuche.«

»Ob du nicht lieber noch eine Weile warten solltest?« sagte Marianne. »Da du schon einmal im Hotel abgestiegen bist ... Es könnte sich ja doch fügen, daß du bald eine geräumigere Wohnung benötigst.« Robert, solcher Anspielungen von Mariannens Seite nicht ungewohnt, schüttelte den Kopf: »Dazu ist es nun doch allmählich zu spät geworden.« – »Warum?« erwiderte sie lebhaft. »Es kommt ja doch noch. Eines schönen Tages wirst du uns mit deiner Heiratsanzeige überraschen.«

Denkt sie an eine bestimmte Person, fragte er sich. An Fräulein Rolf am Ende? – Ich habe doch kaum dreimal mit ihr gesprochen. Sollte man trotzdem hier schon unterrichtet sein? Dann fiel ihm ein, daß an verschiedenen Orten der Schweiz Bekannte ihn mit Alberta gesehen hatten, zu der seine Beziehungen auch für Bruder und Schwägerin kein Geheimnis gewesen waren. Marianne hatte sich sogar manchmal, wenn sie ihn mit seiner Geliebten im Theater oder sonst irgendwo gesehen hatte, anerkennend und mit kaum verhehlter Bewunderung über deren guten und diskreten Geschmack geäußert. Da man es längst aufgegeben hatte, Robert mit bürgerlichem Maße zu messen, und er seit Beginn des Verhältnisses mit Alberta seiner Umgebung ruhiger, ja glücklicher erschienen sein mochte als in den Jahren vorher, so zweifelte er nicht, daß die Familie eine eheliche Verbindung mit Alberta nicht ungern gesehen hätte. Daß er die Torheit begangen, das anmutige Geschöpf kampflos einem anderen zu überlassen, das konnte niemand, auch Marianne konnte es nicht ahnen, und er selbst begriff es in diesem Augenblick weniger denn je.

Er versuchte, sich das letzte Gespräch mit Alberta ins Gedächtnis zurückzurufen. Er erinnerte sich seiner anfangs scherzhaften Bemerkungen über den Amerikaner, ihres sonderbaren Schweigens, ihres Lächelns und endlich ihrer plötzlichen, ganz unerwarteten Mitteilung, daß der Fremde ihr seine Hand angetragen habe. Er wußte auch noch ganz genau, daß es ihn vorübergehend angewandelt, als wenn er ohnmächtig zu Boden stürzen oder Alberta einen Schlag vor die Stirn versetzen müßte. Aber er hatte weiter den Heiteren, den Überlegenen gespielt und freundschaftlich-väterlich Alberta zur Annahme jenes Antrages geraten, da er ihrer Zukunft nicht hinderlich im Wege stehen wolle. So hatten sie sich am Ende dahin geeinigt, daß sie noch heute abend dem Amerikaner ihr Jawort erteilen und daß Robert am nächsten Morgen, ohne sie noch einmal zu sehen, allein abreisen solle. Robert erinnerte sich auch sehr deutlich, wie er um sechs Uhr früh seine Rechnung bezahlt und in einem nicht eben unangenehmen Gefühl von Befreitheit mit einem letzten kaum wehmütigen Blick nach dem Fenster, hinter dessen geschlossenen Vorhängen Alberta noch schlafen mochte, die Bergstraße an den See hinuntergefahren war.

Woran er sich aber durchaus nicht zu erinnern vermochte, das war der Augenblick, da er von Alberta endgültig Abschied genommen hatte. Noch sah er sich mit ihr auf einem schmalen Pfad, der, von dem breiteren Spazierweg abzweigend, ins Dunkel des Waldes führte; er entsann sich auch, daß er später, schon in der Finsternis, allein, von schwerer Müdigkeit befangen, auf einem Baumstumpf gesessen war; aber wie er den Weg ins Hotel zurückgefunden, was er in seinem Zimmer getan, wie er zu Bett gegangen und wie er des Morgens wieder aufgestanden war, davon wußte er nicht das geringste mehr. Erst beim Bezahlen der Rechnung in der Hotelhalle, wo eben der Boden gefegt wurde, setzte sein Gedächtnis wieder ein. Und plötzlich, mit einer bohrenden Angst, fragte er sich, ob das Gespräch mit Alberta nach jenem ihm in Erinnerung gebliebenen äußerlich scheinbar ruhigen Abschluß nicht etwa noch eine Fortsetzung ganz anderer Art gefunden hatte, die ihm aus dem Gedächtnis entschwunden; ob er nicht wirklich, von wühlender Eifersucht übermannt, zu einem Schlage gegen sie ausgeholt – ob er sie nicht gar erwürgt und nachher unter verwittertem Laub versteckt und eingescharrt hatte? Nur dies war sicher: Er war mit ihr in den Wald gegangen und ohne sie zurückgekehrt; ob sie später allein zurückgekommen war, das hatte er ja niemals erfahren. War sie nicht heimgekehrt, so mußte es freilich im Hotel aufgefallen sein, aber konnte er denn ahnen, was er zur Erklärung ihres Ausbleibens für geschickte Lügen erfunden und vorgebracht haben mochte? Wenn er, wie er es nun mit einem Male für möglich hielt, in einem Dämmerzustand einen Mord begangen, so lag alles andere gleichfalls im Bereiche der Möglichkeit; vor allem List und Tücke jeder Art, um das Verbrechen zu verschleiern.

Es war ihm bewußt, daß all diese Einfälle und Erwägungen im Verlauf von wenigen Sekunden durch sein Hirn gejagt waren. Nun aber, da er Mariannens Augen mit einem unverkennbaren Ausdruck der Besorgnis auf sich gerichtet sah, fühlte er, daß er tödlich erblaßt war; und er sagte sich, daß es vor allem darauf ankam, sich nicht zu verraten. Mit einer gewaltigen Willensanstrengung vermochte er seinem Antlitz einen harmlosen Ausdruck zu verleihen, und er bat Marianne, ihn bei seinem Bruder zu entschuldigen, da er jetzt eilen müsse, um eine Wohnung auf der Wieden, die nur bis zu einer gewissen Stunde zur Besichtigung freistände, nochmals in Augenschein zu nehmen. »Für morgen aber lade ich mich wieder zu Tisch bei euch ein, wenn ich nicht doch vielleicht«, setzte er eilig hinzu, »für ein paar Tage auf den Semmering fahre.« – »Unruhiger Geist«, rief Marianne ihm zum Abschied nach.

Als er aus dem Tore trat, stand gegenüber, vor einem großen Spiegelfenster, eine Zigarre rauchend, ein Herr von fragwürdig-verdächtiger Eleganz, der mit auffallender

Raschheit den Blick wandte, als Robert ihn ins Auge faßte. Sind wir so weit? dachte er flüchtig. Dann aber lachte er. Es wäre das Neueste, sagte er vor sich hin, wegen einer Wahnidee verhaftet und zur Rechenschaft gezogen zu werden. Denn daß es nur eine törichte Einbildung gewesen war, die ihn früher überfallen, dessen war er jetzt wieder ganz gewiß. Ob man aber nicht doch, dachte er weiter, vorsichtshalber an die Schweizer Hoteldirektion schreiben sollte? Und wäre es auch nur, um etwaigen Verdächtigungen gegenüber eine Bestätigung in der Hand zu haben, daß Alberta an jenem Abend gleichfalls heimgekommen und daß sie am nächsten Tag in Gesellschaft eines anderen Mannes abgereist sei. Er warf einen Blick nach der Seite. Die bedenkliche Erscheinung des eleganten Herrn war verschwunden.

Robert setzte seinen Weg fort und zwang sich, an etwas Gleichgültiges zu denken. Er versuchte, sich den Inhalt seiner letzten Arbeit – zur Statistik des niederösterreichischen Volksschulwesens – ins Gedächtnis zu rufen, und es beruhigte ihn, daß manche Einzelheiten daraus, an die er monatelang nicht mehr gedacht und die ihn im Grunde niemals sonderlich interessiert hatten, sich seinem ausgeruhten Geiste heute mit größter Klarheit darboten. Zugleich bedauerte er, und nicht zum ersten Male, daß auf einem anderen Gebiete, wo er weit besser zu Hause war, auf dem der musikalischen Unterrichtsfragen, seine Mitarbeiterschaft bisher nicht in Betracht gezogen worden war, und zweifellos nur darum, weil Hofrat Palm mit Eifersucht darüber wachte, daß man ihm nicht jemand an die Seite setzte, der von diesen Dingen mehr verstand als er selbst. Robert verspürte Heimweh nach seinem Kanzleiraum, nach dem großen Schreibtisch, dem bequemen, schwarzledernen Lehnsessel, den hohen Regalen mit den Aktenfaszikeln, den gelblichen Wänden mit den Landkarten und Tabellen, er sehnte sich nach einem Wirkungskreis, wo es ihm beschieden wäre, wahrhaft Nützliches zu leisten und die Anerkennung seiner Vorgesetzten, vielleicht gar ein Lob aus des Ministers eigenem Munde zu erringen, was ihm nicht nur zur Befriedigung seines Ehrgeizes, sondern auch aus einem anderen, ihm nicht gleich deutlich werdenden Anlaß von Wichtigkeit zu sein dünkte. Und nun entdeckte er zu seinem Verdruß, daß eine törichte Angst immer noch auf dem Grunde seiner Seele lauerte, etwa so, als könnte der düstere Wahn, der ihn selbst verlassen, unabhängig von ihm, wie ein freigewordener böser Geist, in anderen Menschen sein gefährliches Wesen weitertreiben. Doch als er, um sich blikkend, an einem nachmittägig belebten Teil der Ringstraße unter vielen Menschen sich völlig unangefochten, ein harmloser Spaziergänger unter andern, fand, zerfloß auch diese letzte Einbildung in nichts.

Unwillkürlich fiel sein Auge auf eine Frauengestalt, die in einem ziemlich armseligen, hellbraunen Mantel, mit einer schwarzen Rolle auf dem Schoße, auf einer Bank saß. Ihr Antlitz war blaß, nicht mehr jugendlich, fast vergrämt; jetzt, aufschauend, lächelte sie kaum merklich und sah gleich wieder vor sich hin. Robert setzte seinen Weg fort und blieb, von einem Landschaftsbild angezogen, vor der Auslage eines Kunsthändlers stehen, als im Spiegelfenster jene Frauengestalt wieder erschien, gesenkten Blickes, eilig vorüberschreitend. Robert wandte sich nach ihr um, sie ging weiter, ohne seiner zu achten, beide Hände in die Taschen ihres Mantels vergraben, aus deren einer die schwarze Rolle hervorragte. Ihr Gang war aufrecht und etwas schleichend; der anliegende, zu enge und zu lange Mantel verriet angenehme, nicht überschlanke Formen. Robert folgte ihr und überlegte, was sie eigentlich sein mochte. Beamtenfrau, dachte er, Buchhalterin? – Da sie ihren Schritt allmählich verlangsamt hatte, zweifelte Robert nicht, daß sie die Verfolgung nicht übelnahm, und an einer Straßenecke, schon weiter draußen in der Vorstadt, richtete er unbefangen das erste Wort an sie.

»Würden Sie mir's übelnehmen, Fräulein, wenn ich um die Erlaubnis bäte, mich Ihrem Spaziergang anzuschließen?« – Sie darauf mit einer angenehmen Stimme, weder erstaunt noch beleidigt: »Es ist kein Spaziergang, ich gehe nach Hause.« Sie sah ihn kaum an. – »Aber die Erlaubnis«, meinte er, »darf ich wohl als erteilt betrachten?«

Sie zuckte die Achseln, etwa, als wollte sie sagen: Mit mir muß man wirklich nicht so viel Geschichten machen; – dann erst sah sie ihn von der Seite an. Er sprach davon, daß sie ihm schon auf der Ringstraße aufgefallen sei; – wie sie auf der Bank gesessen war, die Hände in den Manteltaschen, die Rolle auf dem Schoß, den Blick vor sich hin gerichtet – das sei ein hübsches Bild gewesen. – »Sie sind doch kein Maler?« fragte sie. – »Leider nicht«, erwiderte er. Und da er keinen Grund hatte, ihr seinen Namen zu verhehlen, so stellte er sich in aller Form vor. Sie nannte den ihren ganz beiläufig, und in dem leicht weiterfließenden Gespräch, ohne sich erst eindringlich fragen zu lassen, erzählte sie ihm allerlei von ihrem Leben. Sie gab Klavierlektionen; ihr Mann, ein Magistratsbeamter, war vor drei Jahren gestorben; und nun, verwitwet und kinderlos, wohnte sie in einer nahen Seitengasse, bei einer besseren Handwerkerfamilie. Im vergangenen Sommer hatte sie sich zum erstenmal nach ihres Mannes Tod drei Wochen Urlaub gegönnt, die sie in einer kleinen, wohlfeilen Sommerfrische nahe von Wien verbrachte. »Dort habe ich mich auch wieder verlobt«, setzte sie hinzu. »Es ist aber nichts draus geworden. Besser so«, schloß sie achselzuckend, als sei sie kein besseres Schicksal gewohnt und nie eines besseren wert gewesen als des ihr beschiedenen. –

Ein offener Einspänner trottete vorbei, der Kutscher schwang grüßend die Peitsche. Robert lud seine Begleiterin zu einer kleinen Spazierfahrt ein, sie stiegen ein, fuhren durch die Vorstadt weiter und dann unter dem Bahnviadukt hinaus auf die Laxenburger Straße, mit dem Blick auf die im Abend verdämmernde Hügelkette. Allmählich rückten sie näher aneinander. Als auf dem nahen Geleise ein Eisenbahnzug an ihnen vorbeisauste, nahm Robert Anlaß, von seiner eben verflossenen Reise zu erzählen, später brachte er das Gespräch auf die Musik, worauf sie ohne tieferes Interesse einging, da sie in ihrer Eigenschaft als Klavierlehrerin eben nur von den zufälligen Kenntnissen Gebrauch machte, die sie sich früher einmal, in besseren Lebensumständen als heute, zu erwerben Gelegenheit gehabt hatte.

Die Sonne war gesunken, und es wurde empfindlich kühl. Robert ließ den Wagen der Stadt zuwenden. Sie redeten beide nicht mehr, und als er ihre Hand faßte, gab sie ihm den Druck mit unerwarteter Wärme zurück. In ihre müden Züge trat ein Schimmer von Freude, fast von Glück.

In einem kleinen Gasthof, der Robert von ähnlichen Gelegenheiten her bekannt war, stieg er mit ihr ab, nahm ein Zimmer und bestellte ein Abendessen. Während sie es erwarteten, saß sie mit im Schoß gefalteten Händen auf dem blauen Plüschdiwan, und er, eine Zigarette rauchend, ging in dem bescheidenen, aber nett gehaltenen Raum auf und nieder. Über den Betten hingen zwei schlechte Öldrucke, italienische Landschaften mit Staffage vorstellend; rechts der Vesuv, über den Golf von Neapel Rauch und Feuerschein verbreitend, links eine Osteria in der römischen Campagna mit Fuhrleuten, rot und blau gekleideten, breit lachenden Mädchen, im Hintergrund ein Aquädukt mit zerbrochenen Säulen. Nie wird sie mehr von Italien wissen, dachte Robert, als was sie auf solchen Bildern zu sehen bekommt. Und mitleidsvoll-schuldbewußt streifte sein Blick ihren Scheitel. Sie saß noch immer ganz still da in ihrer hochgeschlossenen, etwas zerdrückten, blaugetupften Leinenbluse. Ihre Haare waren dunkelblond und dicht, die Augen hell und groß, die Gesichtszüge aber sahen nun im gelblichen Licht des zweiarmigen Deckenlüsters noch verblühter aus als im Dämmerschein der Straße. Plötzlich blickte sie zu ihm auf, und einfach, beinahe trocken, sagte sie: »Sie sollen nicht schlecht von mir denken, aber ich bin wirklich so allein.« Ergriffen trat er näher zu ihr hin, legte die Hände um ihre Wangen und küßte sie auf den Mund.

Bald nach Mitternacht, zum Fortgehen bereit, warf sie einen Blick nach dem gedeckten Tisch zurück, wo noch Reste des Abendessens standen, und sagte: »Darum ist es eigentlich schade.« – »Es wird morgen schon für andere aufgewärmt werden«, meinte er scherzend. Sie darauf: »Das könnte man wohl selbst besorgen, da doch alles bezahlt ist.« Und auf seinen befremdeten Blick hin: »Hast du etwas dagegen?« Er in einiger Verlegenheit: »Das wäre doch wirklich nicht nötig, mein Kind.« Und er fügte hinzu: »Verzeih, daß ich davon spreche, aber wenn ich dir – zur Verfügung stehen darf ...« Sie unterbrach ihn mit einer entschiedenen Handbewegung, doch ohne die Beleidigte zu spielen. »Danke«, sagte sie, und mit einem müden Lächeln: »Das sollst du doch nicht von mir glauben.« Sie öffnete ihre Notenrolle, die außer einigen ziemlich zerrissenen Notenheften ein paar Bogen Kanzleipapier enthielt, wickelte in einen davon das kalte Fleisch und steckte das Päckchen in die Tasche ihres Regenmantels. Dann gingen sie die Treppe hinab; Robert leuchtete mit einem Wachskerzchen voran. Auf der Straße hing er sich in ihren Arm. »Oh, du mußt mich nicht nach Hause begleiten!« sagte sie. – »Freilich muß ich nicht. Aber wenn es mir Vergnügen macht.« – An der nächsten Ecke stand ein Wagen. »Wir werden fahren«, sagte er. Sie schüttelte den Kopf. »Verschwender«, erwiderte sie in dem gleichen müden Ton, wie ein paar

Stunden vorher, als er eine Flasche besseren Weins bestellt hatte. Aber der Kutscher stand schon bereit, die junge Frau stieg ein; und nun fühlte Robert plötzlich gar keine Lust mehr, sie zu begleiten. Er blieb zögernd neben dem Trittbrett stehen, ihre Hand in der seinen, und fragte: »Wann sieht man sich wieder, mein Kind?« – »Ich hab' dir ja gesagt, wo ich wohne«, erwiderte sie, »und wenn du vielleicht wieder einmal mit mir zusammensein willst, so schreib mir nur ein Wort. Ich bin immer frei.« – »Um so besser«, sagte er. Und langsam setzte er hinzu: »Ich danke dir recht sehr.« Dabei küßte er ihre Hand. Sie trug keine Handschuhe, ihre Finger waren kühl. Und als er aufblickte, las er in ihren Augen: Wir werden uns gewiß nie wiedersehen. Ich hab' dir ja kaum gefallen, das weiß ich; mein gestricktes Leibchen war nicht nach deinem Geschmack und mancherlei anderes, was ich eben nicht besser habe und das du anders gewohnt bist. Du wirst mir nicht schreiben, ich weiß es. Er las das alles so deutlich in ihrem Blick, daß er sich beinahe gedrängt fühlte, ihr zu widersprechen. Aber der Wagen fuhr schon davon. Noch einmal sah sie nach dem Geliebten der verflossenen Stunde zurück und nickte ein paarmal. Robert sah dem rollenden Wagen eine ganze Weile nach. Die habe ich doch ganz bestimmt nicht umgebracht, sagte er dann zu sich, und unwillkürlich sah er ringsum, ob irgendwer in der Nähe wäre, ein Zeuge für alle Fälle, der sie in den Wagen hatte steigen und davonfahren sehen. Dann lachte er und schüttelte die töricht-zudringlichen Gedanken von sich ab. Vielleicht schreibe ich ihr doch einmal, dachte er; und durch die nächtlichen Straßen nahm er langsam den Weg zurück nach seinem Gasthof.

VI

Am nächsten, einem klaren Spätherbstmorgen, fuhr er auf den Semmering. Erst als er dort sein Zimmer bezogen hatte, von dem er über die Tannenwipfel die Aussicht zu dem mit neuem, klirrblankem Schnee bedeckten Felsenkamm der Rax hatte, verständigte er durch heitere Karten seinen Bruder, den Doktor Leinbach und, ohne recht zu wissen warum, auch den Doktor Kahnberg, daß er sich von der langen Ruhe der letzten Monate ein paar Tage hier zu erholen gesonnen sei. Stundenlang, immer allein, von herber Bergluft angeweht, wanderte er durch kühle Wälder, über besonnte Wiesen hin, mit Bewußtsein nur dem Genuß der Luft und des Lichtes hingegeben, und wehrte alles Grübeln so weit von sich ab, daß ihm auch die fortdauernde unerhebliche Schwäche seines linken Augenlids keinerlei Sorge mehr zu bereiten vermochte. Am zweiten Tag seines Aufenthalts erbat er von seinem Amtsvorstand, Sektionschef Baron Prantner, eine kurze Verlängerung seines Urlaubs, und die zustimmende, in liebenswürdigem Ton gehaltene Antwort trug weiter dazu bei, Roberts gute Laune zu erhöhen.

Es war in der dritten Nacht, als ein starker Wind über die Berge ging und Robert, der keinen Schlaf fand, sich im Dunkel neuerdings die Einzelheiten seines Abschieds von Alberta ins Gedächtnis zurückzurufen suchte. Seine Unfähigkeit, sich über den Zusammenhang der Ereignisse klar zu werden, quälte ihn immer mehr. Er erinnerte sich gewisser Auftritte aus der früheren Zeit seines Verhältnisses mit Alberta, in denen eifersüchtiger Zorn ihm beinahe die Sinne umnebelt und er sich nur mit Aufbietung aller Kräfte vor einem tätlichen Angriff zurückgehalten hatte. Da nun diesmal das, was seinem furchtbar aufsteigenden Groll tatsächlich gefolgt sein mochte, völlig aus seiner Erinnerung geschwunden war, so gab es durchaus keinen Beweis, daß er das, wozu Absicht und Wunsch ihn mehr als einmal gedrängt, nicht endlich wirklich getan und die Geliebte ermordet hatte. Daß im Hotel dem Verschwinden Albertens keine Bedeutung beigelegt worden war, ließ sich ohne Schwierigkeit erklären. Er selbst hatte vielleicht erzählt, daß sie vor ihm abgereist war, den Ort angegeben, wohin man ihr das Gepäck nachschicken sollte, und mit der Raffiniertheit eines geborenen Verbrechers noch anderes dazu getan, um die Spuren seiner Tat bis zur Unmöglichkeit der Entdeckung zu verwischen. All dies war denkbar, ja, mehr als das, wahrscheinlich. Denn wie anders war die unfaßbare Lücke seines Gedächtnisses zu begreifen, die sich von jener abendlichen Scheidestunde bis zu seiner Abreise am nächsten Morgen erstreckte, als aus dem unbewußten und bisher wohlgeglückten Bemühen, das Ungeheure zu vergessen, dessen Erinnerung zu ertragen er nicht stark genug gewesen wäre.

Und plötzlich, mit stillstehendem Herzen, richtete er sich im Bett auf. Drängte sich ihm die Vermutung immer gebieterischer auf, daß Alberta von seiner Hand den Tod gefunden, so war sie vielleicht nicht die einzige gewesen, die dieses Schicksal erlitten hatte. Vor mehr als zehn Jahren war seine junge Frau völlig unerwartet dahingeschieden. Eines Morgens war er in ihr Schlafzimmer getreten, um vor dem Gang ins Amt ihr den gewohnten Kuß auf die Stirn zu drücken; da hatte er sie tot im Bett gefunden; und er erinnerte sich heute mit Grauen, daß er damals, im ersten Augenblick wenigstens, keine sonderliche Erschütterung, ja kaum ein heftiges Erstaunen verspürt hatte. Der Arzt hatte den Tod der jungen Frau wohl als ein an sich seltenes Vorkommnis, aber doch mit Rücksicht auf ihre für so junge Jahre nicht unerhebliche Üppigkeit und auf gewisse, von Zeit zu Zeit auftretende Herzbeschwerden keineswegs als rätselhaft hingenommen; und da im übrigen nicht der geringste Verdacht auf Selbstmord oder gar auf ein Verbrechen vorlag, so war der Leichnam ohne weitere Untersuchung ins Grab gesenkt worden.

Die Ehe hatte innerhalb ihrer ganzen dreijährigen Dauer durchaus als glücklich gegolten, und Robert hatte das liebevolle, sanfte, etwas bequeme Geschöpf stets, nicht nur vor den Leuten, sondern auch daheim, wenn nicht mit Zärtlichkeit, doch mit ritterlicher Galanterie behandelt. Nur er selbst wußte, wie schwer er von allem Anbeginn grade unter der Sanftmut und Gutherzigkeit seiner Frau gelitten hatte; wie ihre zuweilen törichten Bemerkungen, wie ihr Schweigen, wie ihre Art, mit gerundeten Lippen seine Küsse hinzunehmen und zu erwarten, wie schon die einfache Tatsache ihres Vorhandenseins ihn oft mit einer hilflosen, mühselig verhehlten, bösen Ungeduld erfüllt hatte. Doch das Schlimmste für ihn war ihr Klavierspiel gewesen. Ohne zureichende Begabung, aber mit der ihr eigenen Beharrlichkeit hatte sie die Gewohnheit ihrer Mädchenjahre beibehalten, täglich eine Stunde lang zu üben; und ihre Art, Mozartsche und Beethovensche Sonaten mit kindischen, dikken Fingern herunterzuspielen, hatte den Gatten, während er nach dem Abendessen rauchend und lesend im Nebenzimmer saß, manchmal in einen Zustand wahrer Verzweiflung versetzt. Wie oft, wenn aufflammende Begier nach anderen Frauen ihn zu neuen Abenteuern lockte, hatte er sich gegen den stillen Zwang, den Brigittens rührende Anhänglichkeit auf ihn ausübte, vergeblich aufgelehnt; mit welcher Inbrunst hatte er sich nach seinem pflichtenlosen Junggesellenleben zurückgesehnt, dessen holde Freiheit er einer zwar milden, aber unentrinnbaren Sklaverei aufgeopfert hatte. Und wenn diese Sehnsucht, diese Ungeduld so übermächtig in ihm angewachsen war, wie er sie heute, jetzt, in untrüglicher Erinnerung neu zu empfinden vermeinte, wo war der Beweis, daß Ungeduld und Sehnsucht nicht in irgendeinem Augenblick Wille, daß der Wille nicht endlich Tat geworden war? Wo der Beweis, daß Brigitte wirklich einem Herzschlag erlegen, daß sie nicht vielmehr an einem tückisch ihr eingegebenen Gift verschieden war? Wie er sich ein solches Gift verschafft, wie er es ihr beigebracht, ob er es ihr abends in einen Trank gemischt, ob er sie gezwungen hatte, es einzuschlürfen – von all dem konnte er sich freilich heute keine Rechenschaft mehr geben; aber da es sich nun einmal herausgestellt hatte, daß sein Dasein eine ganze Anzahl solcher völlig ins Dunkel der Vergessenheit gerückter Stunden in sich faßte, warum sollte er den Mord an Brigitten nicht ebenso verübt haben wie den an Alberta? – Den an Alberta –? Was hatte denn Alberta damit zu tun?

Er streckte die Hand nach der Lampe neben seinem Bett aus und schaltete ein. Ebenso rasch, wie sie ihn in der Finsternis überfallen, zerflatterten im hellgewordenen Raum die Schreckgedanken in nichts. Er atmete auf. Was für eine Tollheit, dachte er, mir einzubilden, daß ich Brigitte vergiftet habe. Das gute, sanfte, heute noch geliebte Geschöpf. Erzählte ich, dachte er weiter, meinem Freunde Leinbach von den Gespenstern dieser Nacht, was fände er mir zu erwidern? Vor allem wohl, daß er für seinen Teil von den meisten verstorbenen Menschen seiner Bekanntschaft sich zuweilen einbilde, sie umgebracht zu haben, – ferner, daß es am Ende keinen besonderen Unterschied bedeute, philosophisch betrachtet, ob man jemanden wirklich töte oder ihm nur den Tod wünsche; – endlich, daß wir eigentlich alle mehr oder weniger Mordgesellen seien; und daß er von seinem Standpunkt es mir auch gar nicht übelnähme, wenn ich sowohl Alberta als auch Brigitte wirklich umgebracht hätte. Kenne ich dich, Freund Leinbach? Aber du sollst keine Gelegenheit haben, deinen Witz an mir zu probieren. Es ist immerhin sicherer, von solchen Einbildungen auch seinen nächsten Freunden nichts zu verraten. Ich werde auch Otto nichts davon sagen. Nein, nein, so leicht soll es euch nicht gemacht werden.

Während die Lampe weiter brannte, kam allmählich der Schlaf über ihn. –

VII

Als er am nächsten Morgen in die kühle Herbstluft hinaustrat und den Himmel mit trüben, unruhigen Wolken bedeckt sah, senkte er mißmutig den Blick, ohne eine junge, weibliche Gestalt zu beachten, die in einer weißen Wolljakke auf der Bank am Hoteleingang saß. Doch als er von dort zwei Augen auf sich gerichtet fühlte, wandte er die seinen hin und erkannte Fräulein Rolf. »Ist es möglich«, rief er mit einem Ausdruck der Überraschung, ja der Freude, dessen Übertriebenheit er sofort empfand. – »Es ist sogar gewiß«, erwiderte Paula, ihm die Hand entgegenstreckend. »Gestern, denken Sie, sind wir in Wien angekommen und sofort wieder heraufbefördert worden, Mama und ich. Aber lassen Sie sich nicht stören. Sie wollten gewiß einen Spaziergang unternehmen?«

»Damit eilt es nicht. Wenn Sie erlauben, so leiste ich Ihnen Gesellschaft, bis Ihre Mutter herunterkommt.«

»Das dürfte Ihnen zu lang dauern«, sagte Paula. »Mir übrigens auch. Eben war ich im Begriff, mich allein auf den Weg zu machen.«

Robert bat um die Erlaubnis, sich anschließen zu dürfen. Paula hatte nichts dagegen, trat vom Tor weg gegen die Mitte der Straße, spitzte die Lippen zu einem leisen, eigentümlichen Pfeifen, auf das hin an einem Fenster des ersten Stockwerks Frau Rolf im hellblauen Morgenkleid sichtbar wurde, und rief zu ihr hinauf: »Ich gehe ein Stück voraus,

Mama, gegen die Kampalm zu, der Herr Sektionsrat begleitet mich.« Frau Rolf erwiderte freundlich Roberts stummen Gruß. »Wie hübsch, daß Sie auch da sind, Herr Sektionsrat! Aber bitte sich nicht aufhalten zu lassen, ich komme schon nach.«

Paula schlug sofort ein lebhaftes Tempo ein, und ohne Rücksicht auf die stattgehabte Unterbrechung fuhr sie fort: »Das pflegt der Papa nämlich immer zu tun, wenn er sehr intensiv und mit besonders schwierigen Dingen beschäftigt ist.« – »Was pflegt er dann zu tun?« fragte Robert. – »Er schickt uns fort. Er kann dann niemanden – ganz besonders niemanden von seiner Familie, in der Nähe vertragen.« – »Sonderbar«, sagte Robert. – »Warum sonderbar?« entgegnete Paula. »Ich begreife es sehr gut.« Und sie erwähnte eines berühmt gewordenen Prozesses, in dem ihr Vater vor drei Jahren plädiert und wider allgemeines Erwarten seinem Klienten, einem Millionenkridar, zu einem Freispruch verholfen hatte. Auch damals hatte er Frau und Tochter auf Reisen geschickt.

Robert wunderte sich stillschweigend. Er war der Meinung, daß eigentlich jede Arbeit viel leichter vonstatten gehen müßte, wenn man solch ein klaräugiges, kluges Wesen zur Seite hatte, wie Paula eines war.

Sie fragte nach Roberts Bruder und Schwägerin, die sie aus früherer Zeit flüchtig kannte. Nun habe sie seit lange fast jeden gesellschaftlichen Verkehr aufgegeben, da sie nicht die geringste Freude davon habe. Robert glaubte sich zu erinnern, daß die musikalischen Abende im Hause Rolf in verflossenen Jahren eines gewissen Rufs genossen und daß bei solchen Gelegenheiten Paula persönlich mitgewirkt habe. Er hatte an diesen Abenden niemals teilgenommen. Hingegen vermochte Paula sich zu entsinnen, daß sie den Herrn Sektionsrat vor Jahren – sie wußte nicht mehr, in welchem Kreise – auf dem Piano phantasieren gehört hatte.

»Spielen Sie noch viel?« fragte sie. Er erwiderte unbestimmt. Und jenes Gerücht von ihrem Verlöbnis mit einem berühmten, seither verstorbenen Komponisten ging ihm durch den Sinn.

Sie saßen auf einer Bank, die, auf einem Felsenvorsprung gelegen, freieste Aussicht auf die Windungen der Bahn, auf Wiesen, Wälder, Viadukte und auf die herandämmernde Ebene bot. Paula nahm aus ihrer Dose eine Zigarette und bot auch ihrem Begleiter eine an. Die Dose, erzählte sie, habe ihr der Vater vor einiger Zeit aus Moskau mitgebracht. Dann äußerte sie den Plan, im nächsten Jahre eine Reise nach Japan zu unternehmen.

»Allein?« fragte Robert, wie besorgt um sie.

Sie lächelte: »Ich werde mich wohl dazu entschließen müssen. Mama hat zu große Angst vor der Seekrankheit.«

Wie schön wäre das, dachte Robert, mit ihr in der Welt herumzureisen; und er wußte, daß sie seine Gedanken mitfühlte.

Ein leiser Regen setzte ein, und sie machten sich auf den Rückweg. Im Walde kam ihnen die Mutter entgegen, und man sprach von der wunderbaren Insel, wo sie viele Wochen lang so nachbarlich gewohnt und sich gar nicht umeinander gekümmert hatten. »Im Gebirge«, scherzte Paula, »kommen Sie nicht so leicht davon.«

Beim Mittagessen kam das Gespräch auf allerlei gemeinsame Bekannte aus früherer Zeit. Die Bemerkungen Paulas erschienen Robert zuweilen etwas scharf, aber immer treffend. Im weiteren Verlauf der Unterhaltung fügte es sich, daß Robert von den nervösen Verstimmungen sprach, die der Anlaß seiner Urlaubsreise gewesen, nun aber so gut wie völlig geschwunden seien. Ihm war, als wüßte Paula mehr zu erraten, als er zu erzählen für richtig hielt. Doch er dachte: Ihr dürfte ich auch Verbrechen eingestehen, wenn ich welche begangen hätte.

Während seines einsamen Nachmittagsspaziergangs spielte er mit der Frage, ob er es wagen dürfe, um Paula anzuhalten. Sie gefiel ihm besonders gut. Daß sie nicht mehr allzu jung war, vielleicht schon dreißig, und auch, daß sie aller Wahrscheinlichkeit nach ein ernstes Herzenserlebnis hinter sich hatte, empfand er als weitere Vorzüge ihrer Person. Am Abend saßen sie lang in der Halle zusammen; sie plauderten wie alte Freunde, so daß sie einander endlich mit Verwunderung fragten, warum sie am Meeresstrand wie Fremde, ja, wie sie sich gegenseitig gestanden, anfangs sogar mit einer Art von Antipathie aneinander vorbeigegangen waren.

»Wir haben viel nachzuholen«, sagte Robert, und er fügte hinzu: »In den paar Tagen heroben.« – Sie sah eine Weile vor sich hin, plötzlich, mit einer ihr eigenen, raschen Bewegung, warf sie den Kopf nach der Seite und ließ das Gespräch harmlos weitergehen.

Nachts träumte Robert von der armen Klavierlehrerin, mit der er seinen letzten Wiener Abend verbracht hatte. Er schritt mit ihr einen Waldpfad hin, denselben, den er in jener Abschiedsstunde mit Alberta gegangen war. Sie hielt die Hände in den Taschen ihres langen Regenmantels, und sehr rasch, ohne Robert nur anzusehen, sprach sie völlig unverständliche Worte ins Leere. Er aber wußte, daß dies eigentlich keinen Spaziergang zu bedeuten hatte, sondern seinen eigenen Lebensweg, ja, sein allmählich zur Neige gehendes Dasein; und diese Erkenntnis erfüllte ihn mit einer halb lächerlichen, halb ärgerlichen Rührung. Als er erwachte, verspürte er in seinem Herzen nur eine unbestimmte Zärtlichkeit und merkte bald, daß diese Zärtlichkeit, ja, all seine Liebe der armen Klavierlehrerin galt, die noch um so viel einsamer war als er. Er erhob sich, sah zum Fenster hinaus. Die Scheiben, nach einem leichten Nachtfrost, waren angelaufen und der Himmel wundersam klar.

Er hatte mit den Damen verabredet, daß sie ihn, der früher aufzubrechen gedachte, auf einer kürzlich angelegten, bequemen Bergstraße im Wagen einholen sollten. In einer lang nicht erlebten, beinahe beglückten Stimmung, unter hellem, kühlem Himmel, kräftig, wie nach einem fernen Ziele ausschreitend, wandelte er die langsam ansteigende Straße hinan. Früher, als er vermutet, hörte er das Rollen der Räder hinter sich. Er wartete am Wegrand, der Wagen hielt an, und die beiden Damen, ihn herzlich begrüßend, forderten ihn zum Einsteigen auf. Dankend nahm er ihnen gegenüber Platz. Frau Rolf erzählte, daß sie, wie meist im Gebirge, auch heute erst gegen Morgen eingeschlafen sei. Robert sprach von einer merkwürdigen Beobachtung, die er nun schon zu wiederholten Malen gemacht habe: daß er in der Höhe nicht nur mehr, sondern auch ganz anders träume als daheim. Diese Träume zeichneten sich nämlich dadurch aus, daß die Menschen oder Dinge nicht sich selbst, sondern irgend etwas anderes, ganz weit davon Abliegendes, ja, gar nichts Wirkliches, sondern gewissermaßen Begriffliches vorstellten. Doch er erwähnte als Beispiel nicht den Traum der verflossenen Nacht, sondern einen aus längst verflossener Zeit, in dem er auf weiter Ebene eine Art von Schlacht gesehen, aber in so trüb-fahlem Lichte, daß er die beteiligten Kämpfer weder einzeln, noch als Ganzes wahrzunehmen vermochte. Dann aber hatte er am Firmament statt der Sonne einen schief gestellten, mit Organtin verhängten, gelb flimmernden Lüster erblickt und plötzlich gewußt, daß dieser Lüster und nicht jenes fahle Bild auf der Ebene die Schlacht bedeutete. Paula hatte den Kragen ihrer weißen Wolljacke aufgestellt, ihr Gesicht war von der frischen Luft gerötet. Plötzlich, mit jener überraschenden Wendung des Kopfes, die Robert schon an ihr kannte und beinahe liebte, wandte sie sich zu ihm: »Beschäftigen Sie sich nicht ein bißchen zu viel mit sich selbst?« – »Ich glaube nicht«, erwiderte Robert betroffen. »Vielleicht gesteh' ich's nur aufrichtiger zu als andere.« Und er fragte sich: Wenn ich ihr früher begegnet wäre, hätte es mir geholfen? Wäre ich ein anderer geworden, ein Gesünderer, ein Besserer, als ich heute bin? War mir mein Dasein von Beginn an vorgezeichnet? Oder hab' ich irgendeinmal die Wahl gehabt – die Wahl zwischen Schwäche und Stärke, zwischen Gesundheit und Kranksein, zwischen Klarheit und Verwirrung? Aber war denn schon etwas entschieden? Nein. Untrüglich wußte er's mit einemmal, daß ihm die Wahl noch immer in die Hand gegeben war; aber freilich nicht mehr für lange ...

Der Wagen hatte sich gewandt, und nun ging es rasch bergab. Robert sprach von Amtsgeschäften, die ihn erwarteten, von seinem Interesse für die Forderungen seines Berufs – so lebhaft, als läge es ihm daran, merken zu lassen, daß er mit beiden Füßen auf festem Boden stand und keineswegs ein Träumer oder weiß Gott was noch Schlimmeres sei. Und Paulas kluge Fragen lockten ihm so entschiedene Antworten auf die Lippen, daß ihn während dieses Gesprächs, das sich bei Tisch mit erhöhtem Ernst fortsetzte, eine immer echtere Sehnsucht nach Arbeit und Betätigung überkam. Die steigende Aufmerksamkeit in Paulas Mienen, ihr beifälliges Nicken wurden ihm zu günstigster Vorbedeutung, und ihren Händedruck beim Abschied, ihren milden, gütigen Blick nahm er beinahe wie ein Versprechen mit sich.

Es war ihm zumute wie einem Genesenden. Für die Einbildungen, die ihn vor wenigen Tagen, ja, gestern noch gequält, glaubte er eine neue und nahezu beruhigende Erklärung gefunden zu haben. Von seinem eigenen Leben gleichsam im Stich gelassen, im Innersten leer geworden, hatte er allzu willig, ja, mit einer gewissen Selbstgefälligkeit eine Art Rolle für sich zu spielen begonnen, die wachsende Gewalt über ihn erlangt und allmählich gedroht hatte, sein innerstes Wesen zu verstören. Nun aber reckte er die Stirn hervor wie aus gefährlichem Nebeldunst und fühlte den Willen und die Kraft in sich, wieder gesund und – endlich wahr zu werden.

Zum Abendessen erschienen die Damen nicht, und Robert nahm an, daß sie sich beide, ermüdet, vorzeitig auf ihr Zimmer zurückgezogen hatten. Trotzdem gab er die Hoffnung nicht auf, daß Paula sich vielleicht später noch in der Halle zeigen würde, und blätterte geraume Zeit in illustrierten Wochenschriften, die er sonst selten zur Hand zu nehmen pflegte. Doch seine Erwartung erfüllte sich nicht, die Halle leerte sich, und es blieb Robert nichts übrig, als gleich den anderen Gästen zur Ruhe zu gehen.

Vorher aber hielt er sich, wie um nach Briefen zu fragen, an der Loge des Portiers auf, von dessen Eigenheit, sich zu den Gästen des Hotels in ein persönliches, ja, herzliches Verhältnis zu setzen, auch er schon manche Probe erhalten und von dem er daher vielleicht Aufklärung erhoffen durfte. Und tatsächlich ward ihm, bei Übergabe des Zimmerschlüssels, in leicht bedauerndem Tone die Mitteilung, daß die Damen Rolf auf ein Telegramm hin mit dem Sieben-Uhr-Zug plötzlich abgereist seien. Sie ließen sich dem Herrn Sektionsrat bestens empfehlen, fügte der Portier hinzu, während er mit Beflissenheit auf Ansichtskarten Marken klebte.

»Ein Telegramm«, wiederholte Robert wie abwesend, blieb noch eine Weile stehen, dann faßte er sich und begab sich auf sein Zimmer. Er machte Licht und ging hin und her. »Ein Telegramm«, sagte er nochmals vor sich hin. Was für eine Art von Telegramm mochte das sein? Und schon wußte er's: Sie waren vor ihm gewarnt worden. Der besorgte Vater hatte sie eilends zurückberufen. »Die Damen lassen sich empfehlen –?« Eine freundliche Erfindung des Portiers. Über Hals und Kopf waren sie geflohen.

Offenbar waren schon Gerüchte über ihn in Umlauf. Gerüchte nur –? Vielleicht wird er schon verfolgt, bewacht, ist von Detektiven umgeben; und morgen früh wird man ihn verhaften. Und wenn er auch unschuldig ist, wie kann er es beweisen? Alberta ist in Amerika oder weiß Gott wo – wer wird ihm glauben, daß er sie nicht umgebracht hat? Vielleicht ist auch schon der Verdacht ausgesprochen worden, daß er seine Frau vergiftet hat. Wird man den Leichnam ausgraben? Wird man nach Giftspuren forschen? Wenn sich keine finden – was hilft's nach so langer Zeit –? Plötzlich sah er sein eigenes Porträt vor sich, mit Überzieher, Zylinder und Stock, so wie er sich in Wirklichkeit niemals hatte photographieren lassen; ganz in der Art eines nachlässig vervielfältigten Bildes in einer Tageszeitung, und darunter las er mit großen Lettern die Worte: Ein neuer Blaubart. Er roch das Papier und die Druckerschwärze. Gleich darauf sah er sich vor Gericht stehen als Angeklagten. Er leugnete. Er schwor zu Gott, daß er niemals einen Menschen umgebracht habe. Es ist nur ein Wahn von mir, meine Herren Geschworenen. Wie darf man mich denn wegen eines Wahns vor Gericht stellen? Ich bin krank, meine Herren Geschworenen, aber ich bin kein Verbrecher. Die Umstände sprechen gegen mich. Forschen Sie nach, meine Herren. Alberta ist in Amerika verheiratet, und meine Frau war herzleidend. Sie ist eines natürlichen Todes gestorben. Und wie, schrillte plötzlich eine hohe Stimme, erklären Sie sich, Angeklagter, daß Ihre Geliebte unter welkem Laube im Walde tot gefunden wurde? – Man hat sie tot gefunden? Dann hat sie ein anderer umgebracht. Der Amerikaner hat es getan. – Sie verwickeln sich in Widersprüche, Angeklagter. Haben Sie uns nicht selbst erzählt, daß dieser Amerikaner sich um Ihre Geliebte bewarb und daß Sie mit ihr in den Wald spazierten, während der Amerikaner im Hotel zurückblieb? Sie erzählten uns ferner, daß das Klavierspiel Ihrer Gattin Sie zur Verzweiflung brachte und daß Sie sich längst mit Mordgedanken getragen hatten. – Ich habe nichts erzählt, man legt mir Dinge in den Mund, die ich nie gesagt habe. Ich bin unschuldig. Ich kann keiner Fliege ein Haar krümmen. – Ein dröhnendes Lachen geht durch das ganze Auditorium, daß alle Fenster klirren. Ich bitte um Ruhe, schreit der Richter, hier ist kein Theater. Ich werde den Saal räumen lassen.

Robert, der ununterbrochen im Zimmer hin und her gelaufen war, blieb stehen, sah rings um sich, und wie es ihm meistens geschah, grade, wenn die Flucht seiner Gedanken sich ins Abgeschmackt-Unsinnige verloren hatte, kam er jählings zur Besinnung. Er sagte sich, daß die Abreise der Damen unmöglich in irgendeiner Beziehung zu seiner Anwesenheit hier oben stehen könne. Er wußte, daß er weder schuldig, noch irgendeinem Menschen auf der Welt verdächtig war. Seine Nerven waren noch immer nicht in Ordnung, das war alles. Keineswegs aber war Paula das Geschöpf, auf ein unklares, verleumderisches Telegramm hin davonzufahren und ihn seinem Schicksal zu überlassen. Sie wäre nicht abgereist, ohne ihn gesprochen zu haben; was immer man ihr hinterbracht, sie hätte versucht, mit eigener Urteilskraft der Angelegenheit auf den Grund zu kommen. Und selbst den Fall gesetzt, er hätte jemals in seinem Leben ein Verbrechen begangen, sie war die Frau, es zu verstehen und es zu verzeihen. Übrigens ... kam das alles nicht in Betracht. Gründe für die Abreise der Damen konnte es zu Dutzenden geben. Der Vater war erkrankt, oder sonst wer aus der Familie. Gewiß nichts Bedenkliches, sonst hätte man kaum daran gedacht, ihn grüßen zu lassen. Ich bin kein Mörder, und kein Mensch denkt von mir, daß ich einer sein könnte. Morgen kommt ein Brief von Paula, eine Entschuldigung, eine Erklärung. Und wenn nicht – so verschaffe ich sie mir selber. Ich bin ja frei, ich bin ja nicht eingesperrt, und Höhnburg ist lange tot. Was geht mich Höhnburg an? Mein Bruder denkt nicht daran, mir den Schuldschein vorzuweisen. Es gibt weder Schein noch Schuld … Ich habe die Wahl …

VIII

Am nächsten Morgen kündigte Doktor Leinbach durch eine vergnügte Karte seinen Besuch für denselben Tag an. Robert, der mit ruhigen Sinnen erwacht war, entschloß sich, ihm entgegenzugehen. Auf der breiten Waldstraße, im kühlen Herbstschatten der Tannen, durch die ein mattblauer Himmel schimmerte, begegneten sich die Freunde. Leinbach war touristisch ausgerüstet, mit Nagelschuhen, Kniehosen, Bergstock und Rucksack. »Was hast du Großes vor?« fragte Robert. – »Nichts weiter«, erwiderte Leinbach, »als mich in die Landschaft zu fügen und für alle Möglichkeiten gerüstet zu sein.« – »Jedenfalls«, sagte Robert, »müßtest du auf meine Gesellschaft verzichten, falls du etwa gesonnen wärst, eine Bergbesteigung zu unternehmen.« – »Ich denke nicht daran, um so weniger, als ich schon um fünf Uhr zwanzig hineinfahren muß.« – »Also wozu der Rucksack?« – »Für den Fall, daß man Lust hätte, im Freien zu essen.« – »Was hast du denn alles mit?« – »Schinken, Käse, Brot, eine Flasche Wein, einen Band Goethe und etwas Verbandzeug.« – »Das auch?« – »War noch von meiner letzten Tour her drin. Ich wollte es schon herausnehmen, aber so etwas hieße das Schicksal versuchen.« Er hing sich in Roberts Arm. »Also erzähle, was hast du die paar Tage heroben gemacht? Schönes Wetter gehabt, nicht wahr?«

Robert berichtete, daß er beinahe die ganzen Tage im Freien herumgelaufen sei, und ließ die Damen Rolf unerwähnt. Er habe sich im ganzen recht wohl gefühlt, nur ausnehmend viel geträumt, die ganzen Nächte durch, tolles Zeug wahrhaftig! Leinbach zuckte die Achseln. Was und wieviel Robert auch geträumt haben mochte, was war das gegen seine eigenen Träume? Er erlebte Jahre, Jahrzehnte im Schlaf. Einmal, noch als Gymnasiast, hatte er in einer Morgenstunde vor dem Erwachen den ganzen Dreißigjährigen Krieg durchgemacht. »Aber doch nicht sehr ausführlich?« erkundigte sich Robert lächelnd, – »sondern nur den kleinen Plötz, nehm' ich an?« – »Immerhin«, erwiderte Leinbach ernsthaft, »von sechzehnhundertachtzehn bis sechzehnhundertachtundvierzig.«

Sie schritten einen Waldpfad bergan. »In früheren Jahren«, sagte Leinbach, »pflegte meine Frau mich auf solchen Sonntagsausflügen zu begleiten. Jetzt, nach dem vierten Kind, hat sie es aufgegeben, läßt mich meine Touren allein machen und widmet sich der Häuslichkeit, – oder was sie sonst treiben mag.« Robert blieb stumm. Er fand die Bemerkung seines Freundes ebenso geschmacklos wie lächerlich, da er Frau Leinbach als ein höchst hausbackenes, braves und völlig anmutloses Wesen kannte; – wie sich Leinbach denn überhaupt gehütet hätte, ein Wesen anderer Art zur Ehe zu nehmen, da ihm seelische Unbequemlichkeiten noch weit verhaßter waren als körperliche.

Als sie dann, immer höher schreitend, unter einer wahrhaft sommerlichen Mittagssonne eine Bergwiese durchquerten, gab dies Leinbach Anlaß zu einem Vergleich mit den trügerischen Sommerstunden menschlicher Herbsttage, von denen kluge Leute sich nicht dürften betrügen lassen. »Warum trügerisch?« meinte Robert ablehnend, »wenn es wirklich warm ist in solchen Stunden ...?! Heute könnte man sich zum Beispiel ohne die geringste Gefahr hier ins Gras legen; wie denkst du drüber?« Leinbach war einverstanden. Sie breiteten die Mäntel aus, streckten sich auf sie hin und blickten talwärts, sich der gleichen Aussicht erfreuend, die Robert tags vorher von weiter unten mit Paula genossen hatte. Ein starkes Wohlgefühl durchdrang ihn. Ich bin gesund und noch jung, sagte er sich. Was ist es nur, was mich manchmal mit so unheimlicher Gewalt überkommt? Wer weiß übrigens, ob nicht die meisten Menschen von ähnlichen Gespenstern heimgesucht werden? Andererseits gibt es vielleicht Leute, die tatsächlich irgendeinmal ein Verbrechen begangen und es völlig vergessen haben. Stand nicht neulich irgendwo zu lesen, daß in England allein jährlich gegen tausend Menschen spurlos verschwinden? Und es wäre immerhin möglich, daß unter diesen tausend manch einer umgebracht worden ist – von irgendwem, der sich später nicht mehr dessen erinnert, geradeso wie ich …

Oho, rief er sich selbst an und schnellte auf. Er war mit geschlossenen Augen dagelegen, und nun zitterte und schwankte die Landschaft überhell um ihn. Leinbach sah ihn mit einem sonderbar zwinkernden Blick von der Seite an. Hm, warum war der eigentlich gekommen? Sollte er nicht etwa aus ganz bestimmten Gründen heraufgeschickt worden sein? Von Otto vielleicht? Unsinn. Der hielt ihn ja im Grunde für einen Dummkopf. Und nicht ganz mit Unrecht. Für einen geistreichen Dummkopf, wie er sich neulich einmal ausgedrückt hatte. Immerhin blieb es auffallend, daß Leinbach den Blick so rasch wieder abgewandt hatte und nun scheinbar gleichgültig zum Himmel aufstarrte. Robert begann zu pfeifen, er wußte selbst nicht recht warum. War es, um Leinbach zu prüfen, um ihn zu ärgern oder um ihn hinters Licht zu führen? Plötzlich erhob er sich und schlug vor, sich auf den Rückweg zu machen. Leinbach nickte und rüstete sich etwas umständlich zum Abstieg. Da Robert ein paar Schritte vorausgeeilt war, bemerkte Leinbach trocken: »Deine Lähmung scheint ja zurückgegangen zu sein.« – Robert wandte sich hastig nach ihm um. Doch die Miene des Freundes zeigte nur den gewöhnlichen Ausdruck eines matt überlegenen Spottes. »Ich habe mir nie eine Lähmung eingebildet«, sagte Robert. »Ein Hypochonder mag ich ja sein, aber ein Idiot bin ich nicht. Übrigens habe ich mich noch nie so jung und so frisch gefühlt wie jetzt.« – »Ja«, seufzte Leinbach, »wer auch sechs Monate Urlaub nehmen könnte! Wenn unsereiner so lange seine Freiheit haben wollte, müßte er gradezu durchbrennen. Im übrigen«, setzte er anscheinend unvermittelt hinzu, »was sagst du zu der Affäre Rolf?«

»Affäre Rolf?« Robert stand das Herz still. Was hatte das zu bedeuten: Affäre Rolf? Hatte das einen Bezug auf ihn? War er in irgendeine Sache verwickelt, ohne es zu ahnen? Paula? Sie sind gestern beide abgereist. Mutter und Tochter. Es war vollkommen ausgeschlossen, daß er Paula umgebracht hatte. Fassung, Ruhe! Was war das wieder?! Er hatte doch nie jemanden umgebracht. Das stand ja fest, er wußte es – nie. »Was ist das für eine Affäre?« fragte er ruhig.

»Ach, du hast wohl heute noch keine Zeitung gelesen? Doktor Rolf ist durchgegangen. Unterschlagene Depots, Mündelgelder und dergleichen – man hat schon lang was gemunkelt.«

»So, durchgegangen? Ich habe noch nichts gelesen. Übrigens kenn' ich ihn nur ganz flüchtig. Aber seine Familie habe ich erst gestern gesprochen. Sie waren hier heroben, Frau und Tochter. Gestern abend sind sie abgereist.«

»So – die waren hier? In der Zeitung stand allerdings, sie seien von Wien abwesend ... ja ... Offenbar hat er die Familie heraufgeschickt, um indes in Ruhe seine Vorbereitungen treffen zu können. Er soll schon seit sechsunddreißig Stunden verschwunden sein. Schade um ihn. Er war ein sehr begabter Mensch.«

Robert konnte sich der Empfindung nicht erwehren, daß er eigentlich eine angenehme Neuigkeit erfahren hatte.

Durch das Unglück, das die Familie betroffen, war er Paula nähergerückt, war in gewissem Sinne in ein geheim-verwandtschaftliches Verhältnis zu ihr geraten. Er sprach mit Leinbach über die Angelegenheit nicht weiter; doch statt erst am nächsten Morgen, wie seine Absicht gewesen, reiste er noch am selben Nachmittag mit ihm heim, zu Leinbachs großer Befriedigung, der zwar stets behauptete, für Einsamkeit zu schwärmen, aber sich ohne Gesellschaft sehr unglücklich zu fühlen pflegte.

Bei der Art seiner Beziehungen zu der Familie Rolf konnte Robert, so sehr es ihn dazu drängte, doch nicht daran denken, persönlich Erkundigungen im Hause einzuziehen. Doch verließ er noch in später Stunde seinen Gasthof, um, von unbezwinglicher Sehnsucht getrieben, an den zu seiner Verwunderung zum Teil hellerleuchteten Fenstern der Rolfschen Wohnung vorüberzuwandeln. Allmählich erst besann er sich, daß auch das außerordentliche Schicksal sich nicht sofort in einer entschiedenen Veränderung äußerer Lebensformen auszudrücken pflegt und daß Paula – selbst wenn sie in diesem Augenblick im eigentlichsten Sinn viel ärmer sein mochte als jene Klavierlehrerin, die sich nach einem dürftigen Liebesabenteuer die Reste des Abendessens mit nach Hause genommen – gewiß noch längere Zeit hindurch ein behagliches Heim bewohnen, schöne Kleider tragen und keineswegs Hunger leiden würde. Er sah Schatten sich hin und her bewegen, beobachtete dann, daß Lichter verlöschten und in einem benachbarten Raum aufflammten; später fuhr ein Wagen vor, ein vornehm aussehender Herr stieg aus, der dann im Haustor verschwand. Robert begann sein Hin- und Herwandern vor dem Hause, in das er ja doch nicht eintreten wollte, als zwecklos und lächerlich zu empfinden und machte sich auf den Heimweg.

IX

Die Zeitungen des nächsten Tages behandelten den Fall Rolf mit auffallender Zurückhaltung: die Angelegenheit sei zwar noch nicht völlig klargestellt, von einer Flucht könne aber gewiß nicht die Rede sein, da der Aufenthalt des Advokaten nicht nur der Familie, sondern auch den Behörden keineswegs unbekannt sei. Robert schloß daraus, daß die Absicht und Möglichkeit bestehe, die Verbindlichkeiten des Abwesenden auf außergerichtlichem Wege zu lösen. Doch fühlte er sich durch diese Vermutung durchaus nicht so angenehm berührt, als natürlich gewesen wäre.

In zwiespältiger Stimmung begab er sich ins Amt, wo ihn der Sektionschef, Baron Prantner, sehr freundlich empfing und ihn mit der Mitteilung überraschte, daß Hofrat Palm aus Gesundheitsrücksichten zu Beginn des nächsten Jahres in Pension gehen dürfte. »Sie werden, lieber Herr Sektionsrat«, fügte er hinzu, »schon in nächster Zeit dem Herrn Hofrat einen Teil seiner Agenden abzunehmen haben, und Doktor Renthal, der sich während Ihrer Abwesenheit wirklich famos eingearbeitet hat, wird Sie in Ihrem Referat vorläufig weiter vertreten.« Sollte man damit gerechnet haben, dachte Robert flüchtig, daß ich nicht wiederkomme? Dann fiel ihm ein, daß Baron Prantner, der in Trauer gekleidet war, im Laufe des Sommers seine Frau verloren hatte. Obwohl Robert ihm schon von der Reise aus sein Beileid kundgegeben hatte, hielt er es doch für angebracht, auch jetzt einige Worte der Teilnahme zu äußern. Der Baron drückte ihm die Hand und sah zu Boden. Hm, dachte Robert, sollte er sie auch umgebracht haben? Das ist vielleicht viel häufiger, als man ahnt. Es wäre interessant, diesen Dingen nachzugehen. Vielleicht ahnt er das gleiche von mir und ist darum so auffallend liebenswürdig. Gibt es am Ende eine Art Freimaurerzeichen für uns Mörder? Sonderbar, er hält noch immer meine Hand fest ...

In diesem Augenblick trat Hofrat Palm ein. Robert erwiderte den Willkommgruß des Hofrats mit Unbefangenheit, und bald war zwischen den drei Herren ein berufliches Gespräch im Gange, im Verlauf dessen Robert Gelegenheit nahm, seine Ideen zur Umgestaltung des musikalischen Unterrichtswesens vorzubringen. Man hörte ihn mit Interesse an. Nachher stattete er einigen Amtskollegen in ihren Kanzleien Besuche ab; und manche beglückwünschten ihn zu seiner Genesung in so scherzhaftem Ton, als hätten sie seine Erkrankung nie recht ernst genommen.

Zu Mittag speiste er mit dem Ministerialsekretär Wegner, der ihn mit allerlei Amtsklatsch unterhielt, nachher spielten sie nach alter Gewohnheit eine Partie Billard, und so war es schon später Nachmittag, als Robert die Treppe zur Wohnung seines Bruders hinaufschritt. Da dieser noch ordinierte, meldete er sich bei Marianne als heimgekehrt und erzählte ihr von seiner Bergwanderung mit Doktor Leinbach, wobei er dessen Ausrüstung in humoristischer Weise übertrieb und insbesondere den Inhalt des Rucksacks durch Hinzuerfindung von Konservenbüchsen und Schnapsflaschen ins Lächerliche zu rücken wußte. Mit den Knaben trieb er allerhand Kurzweil, nahm den kleineren auf den Schoß und hatte dabei das Gefühl einer Vorbedeutung, ja eines heiter-trostreichen Zukunftsbildes. Otto kam aus seiner Ordination, bewillkommte den Bruder herzlich und forderte ihn auf, falls er nichts Besseres vorhabe, ihn nach Hietzing zu begleiten. Robert nahm an, und ein paar Minuten darauf rollte der Wagen durch die abendlichen Straßen der Gartenvorstadt zu.

Robert berichtete mit einiger Beflissenheit von den guten Aussichten, die sich für ihn im Amt eröffneten; dann sprach er von seinem Semmeringer Aufenthalt und konnte hierbei nicht wohl vermeiden, seiner Begegnung mit den Damen Rolf Erwähnung zu tun. Otto brachte ihnen keine sonderliche Sympathie entgegen. Seiner Auffassung nach waren sie nicht ganz ohne Schuld an dem schlimmen Verlauf, den die Angelegenheiten des Anwalts im Laufe der letzten Zeit genommen. Und es sei nicht zu verwundern, daß die Tochter, trotz ihrer Anmut, die nun allerdings schon einigermaßen im Verblühen sei, keinen Mann gefunden habe.

Der Wagen hielt vor einem Gartentor. Ein Diener öffnete, Otto trat ein, und Robert wandelte in der stillen Gasse zwischen fast entlaubten Gärten langsam auf und ab. So sehr er sich dagegen wehren wollte, die Bemerkungen Ottos über die Familie Rolf wirkten in ihm nach. Paula, gestern noch der Inbegriff seiner neuen Lebenshoffnungen, war ihm sonderbar entrückt; als er sich ihr Bild ins Gedächtnis zurückzurufen suchte, erschien es ihm als das einer nicht mehr ganz jungen, fanierten Person, in unordentlichem Morgenanzug, deren Züge denen der armen Klavierlehrerin glichen; und er spürte einen dumpfen Groll gegen sie in sich aufsteigen. Er verübelte ihr, daß sie sich um ihren Vater nicht genug gekümmert hatte, daß sie in einen alten Musiker verliebt gewesen war, daß sie Zigaretten rauchte, und besonders, daß sie vom Semmering abgereist war, ohne ein Wort der Aufklärung für ihn zurückzulassen. Dabei war er sich völlig klar über das Ungerechte, ja, Unsinnige all dieser Beschuldigungen, die er sehr wohl als das erkannte, was sie waren, als Vorwände für das diesmal vorzeitige Erwachen eines Hasses, der sich in früheren Fällen seinen Liebesgefühlen immer erst allmählich beigesellt hatte. Was er jetzt in sich erlebte, war nur ein Beispiel mehr für das unheimliche Auf und Nieder seiner Empfindungen, die demselben Menschen gegenüber von opferbereiter Zärtlichkeit und verzehrender Leidenschaft bis zu Abneigung, Widerwillen, Grimm, Wut und Todeswünschen zu schwanken vermochten.

Und wo ist am Ende der Unterschied, fragte er sich, zwischen einem Todeswunsch und einem Mord? Gedanken vergehen, Taten sind unwiderruflich. Ist das nicht eine Tükke der Vorsehung? Die Empfindung, durch die eine Tat möglich geworden, ist längst erloschen, ist vielleicht in ihr Gegenteil umgeschlagen; und die Tat bleibt getan. Nehmen wir an, das Gift, das ich Brigitte gab, hätte nicht gewirkt. Am nächsten Morgen wäre sie wieder aufgewacht, lebte vielleicht noch heute, und kein Mensch ahnte, was geschehen, oder vielmehr, was beabsichtigt gewesen war. Ich selbst würde es nicht ahnen, denn ich hätte es ja vergessen. Ich habe es vergessen. – Hab' ich das wirklich? Nein, ich erinnere mich ja …

»Habe ich dich lange warten lassen?« fragte Otto, und die Gartentür fiel hinter ihm ins Schloß.

»Oh, gar nicht«, erwiderte Robert und faßte sich rasch. »Es war sehr angenehm, in der stillen Straße auf und ab zu spazieren.«

Sie stiegen ein. Otto machte Aufzeichnungen in sein Notizbuch. »Wo soll ich den Wagen halten lassen?« fragte er nebenhin seinen Bruder. – »Ganz egal. Wenn dich dein Weg vielleicht in der Nähe meines Gasthofs vorbeiführt.« – »Das läßt sich vielleicht machen. Schade übrigens, daß du deine Wohnung aufgegeben hast. Ich hab's eigentlich nicht recht begriffen.« – »Ich mußte doch wohl.« – »Du mußtest –?« – »Ich habe ja nicht gewußt, ob es mir jemals wieder möglich sein würde, in einer großen Stadt zu leben und meinen Beruf auszuüben.« – »Wie kannst du das sagen«, meinte Otto und steckte sein Notizbuch ein. – »Du scheinst dich nicht zu erinnern«, erwiderte Robert, »wie miserabel es mir gegangen ist; auch im Beginn meiner Reise bin ich noch«, er zögerte eine kurze Weile, »von allerlei dummen Ideen geplagt gewesen.«

Otto sah seinen Bruder freundlich-spöttisch von der Seite an. »Was waren denn das für Ideen, wenn man fragen darf?« – »Nicht der Rede wert … sie waren so dumm, wie es eben Zwangsvorstellungen zu sein pflegen.« – »Na, willst du mir nicht was davon erzählen?« sagte Otto mild. – »Also denke dir«, begann Robert etwas unsicher, »daß ich mich zum Beispiel längere Zeit hindurch nicht entschließen konnte, das Wasser zu genießen, das mir abends ins Zimmer gestellt wurde, in der Befürchtung, daß irgendwer, sei es nun jemand vom Dienstpersonal oder ein anderer Gast, dem Wasser irgendeine schädliche oder gar tödliche Substanz beigemischt haben könnte.«

»Nun, und –?«

»Das ging so weit, daß ich in manchen Nächten, wenn es mir nicht möglich war, mir ein anderes Getränk zu verschaffen, lieber den quälendsten Durst litt, als einen Tropfen zu trinken.«

»Und –?«

»Ja, was willst du noch wissen? Diese Einbildungen, oder Wahnideen, sind natürlich wieder spurlos verschwunden, wie andere vorher.«

»Selbstverständlich. Aber ich frage dich, ob du aus deinen Befürchtungen irgendwelche logische Folgerungen gezogen hast? Ob du – einmal wenigstens – das dir verdächtige Wasser hast chemisch untersuchen lassen? Ob du deinen Verdacht gelegentlich auf bestimmte Personen gerichtet und eine Anzeige erstattet hast?«

»Das allerdings nicht. Aber darauf kommt es wohl nicht an.«

»Gewiß kommt es darauf an, mein Lieber, ob eine sogenannte Zwangsvorstellung zu weiteren Konsequenzen führt, insbesondere, ob sie sich in Zwangshandlungen umsetzt oder ob sie rechtzeitig korrigiert wird. Solange man in der Lage ist, eine seelische Störung in dem Augenblick abzustellen, wo es bedenklich wäre, ihre logischen Konsequenzen zu ziehen, so lange, du entschuldigst schon, habe ich keinen rechten Respekt vor ihr. So imponieren mir auch die Wutanfälle nicht, bei denen die Vernichtungstendenz sich auf leblose oder gar möglichst wohlfeile Gegenstände beschränkt. Es mag vielleicht etwas ketzerisch klingen, aber für mich steckt in all den Verrücktheiten – um bei dem populären Ausdruck zu bleiben –, über die der Leidende immer noch eine gewisse Macht behält und die er aus praktischen Rücksichten sozusagen auf- und niederzuschrauben imstande ist, eine Neigung zur Verspieltheit, zur Unwahrheit, zur Komödianterei, kurz, ein unanständiges Bestreben, vom wirklichen Ernst des Lebens abzurücken und unbequeme Verantwortlichkeiten abzulehnen. Ein solches Bestreben hat ja natürlich, wenn du willst, auch etwas Krankhaftes, aber mit Wahnsinn hat es gewiß nicht das geringste zu tun.«

Robert schwieg eine Weile betreten, denn irgendwie berührte sich das, was Otto aussprach, mit den Gedanken, die ihm selbst neulich gekommen waren. Dann fragte er: »Und bist du auch sicher, die Grenze immer bestimmen zu können?«

»Gewiß bin ich das, sonst hätte ich meinen Beruf längst aufgegeben.«

Also er erinnert sich, dachte Robert, er will mich in Sicherheit wiegen, indem er mir zu verstehen gibt, daß ich nicht wahnsinnig bin und daher nichts von ihm zu befürchten habe. Aber woher weiß er, daß ich nicht wahnsinnig bin? Ich habe ihn ja schon wieder angelogen. Von meinen neuesten Wahnideen habe ich ihm nichts gesagt. Aber er ahnt sie vielleicht. Ich darf nicht so lange stumm bleiben. Er sieht zwar durch das Wagenfenster auf die Straße hinaus, aber mein Schweigen fällt ihm auf. Er fühlt, daß ich ihm etwas verberge. So geht es nicht weiter. Ich muß ihm die Wahrheit sagen. Wenn nicht heute, so morgen. Es muß Klarheit werden zwischen mir und ihm.

»Im übrigen«, meinte Otto, indem er sich plötzlich wieder zu seinem Bruder wandte, »wir sind da etwas weit abgekommen. Hast du mir nicht noch irgendein Leid zu klagen?«

»Wozu?« erwiderte Robert gleichfalls leichteren Tons, »da du mich ja doch für einen elenden Komödianten hältst, weil ich nicht sämtliche Hotelstubenmädchen der Schweiz wegen versuchten Giftmordes habe verhaften lassen.«

Otto ging auf den Scherz nicht ein. »Weißt du, was ich glaube«, sagte er in dem ernsthaften, etwas strengen Ton, der ihm manchmal eigen war, »daß dir nach der langen Faulenzerei die regelmäßige Arbeit sehr heilsam sein wird. Und was dein zuckendes Augenlid anbelangt, so brauchst du dir nicht die geringsten Sorgen zu machen.«

Erschrocken wandte Robert sich ihm zu. »Du hast es bemerkt?«

Otto seufzte auf. »Was magst du dir alles schon wieder eingebildet haben ...«

»Du sagst, daß mein Augenlid zuckt. Das – das wußt' ich eigentlich gar nicht. Ich hatte den Eindruck einer – einer beginnenden Lähmung.«

»Keine Spur davon. Einbildung. Und durch deine wiederholten Versuche, die Bewegungsfähigkeit deines Lids zu prüfen, hast du dir jetzt dieses Zucken angewöhnt. Denk nicht mehr dran, so wird es von selber aufhören.«

Der Wagen hielt vor dem Hotel. »Ah, wir sind schon da«, sagte Robert. »Willst du dir nicht einmal mein Zimmer ansehen, Otto? Es ist sehr hübsch.«

»Nächstens einmal gern, heut hab' ich leider keine Zeit mehr. Morgen sieht man dich ja hoffentlich wieder. Und –

ich bitte dich –, werd einmal vernünftig! Zeit wär's ja.« Und er schüttelte Robert zum Abschied herzlich die Hand.

Robert war zumute, als wäre ihm eine schwere Last von der Seele genommen worden. Ottos Worte hatten ihn für den Augenblick nicht nur von der leisen, ohnedies fast schon geschwundenen Besorgnis bezüglich seines Augenlids völlig, sondern auch von allen anderen Angstgebilden wie durch Zauberkraft befreit.

X

Eine Reihe von guten Tagen brach für Robert an. Er nahm seine Berufsarbeiten mit Eifer auf, pflegte einen angenehm zerstreuenden Verkehr mit den alten Bekannten und fand sich täglich für ein Stündchen im Hause des Bruders ein, wo er mit den Kindern scherzte und mit Marianne plauderte. Als diese einmal darüber klagte, daß Otto trotz seiner angestrengten Praxis sich auch in seiner wissenschaftlichen Tätigkeit keine Unterbrechung gönne, benützte Robert gerne die Gelegenheit, dem Bruder wegen einer solchen, auch nicht eben vernünftig zu nennenden Lebensweise freundschaftliche Ratschläge zu erteilen, die zwar geduldig angehört, aber nicht im geringsten befolgt wurden.

Eines Abends im Kaffeehaus wurde in Roberts Gegenwart zufällig der Affäre Rolf Erwähnung getan. Man sprach davon, daß gegen den flüchtigen Anwalt tatsächlich eine gerichtliche Anzeige nicht vorgelegen oder daß sie zurückgezogen worden war; die prächtige Wohnung sei freilich unter der Hand schon für die allernächste Zeit weitervermietet worden. Bei dieser Nachricht wurde Robert von einem unverhältnismäßigen Mitleid erfaßt, und er schien sich mit einem Male hart, ja geradezu verworfen, weil er sich um die beiden Damen, die gewiß ein Lebenszeichen von ihm zu erwarten berechtigt waren, überhaupt nicht mehr gekümmert hatte. Das Gefühl seiner Versäumnis verfolgte ihn in den Schlaf, und am nächsten Morgen fragte er telephonisch an, wann er sich persönlich nach dem Befinden der Damen erkundigen dürfe. Er erkannte die Stimme Paulas erst, als sie ihn mit völliger Unbefangenheit für den Abend desselben Tages um seinen Besuch bat.

Der große Salon, in den er um die sechste Stunde eintrat, sah unwirtlich, beinahe traurig aus. Die Möbel waren mit grauem Leinen überzogen, der Lüster mit weißem Organtinstoff verhängt, wodurch Robert sich an jenen verflossenen Traum von der Sedanschlacht erinnert fühlte. Auf dem geschlossenen Flügel standen allerlei Kunstgegenstände aus Glas, Porzellan und Bronze, offenbar zum Verpacktwerden hergerichtet; aus den Wänden ragten Nägel hervor, und Bilder lehnten verkehrt an den Wänden. Paula trat ein, in hellem Kleid, kläräugig und heiter; und da Robert darauf gefaßt gewesen war, sie trübselig, in dunkler Gewandung und ernst wiederzufinden, erschien sie ihm ganz besonders strahlend, so daß Überraschung sich in seinen Mienen spiegelte. Sie reichte ihm so unbefangen die Hand, als hätte sich seit der letzten Begegnung nicht das geringste verändert. »Es sieht ja nicht besonders schön aus bei uns«, sagte sie einfach, »aber Sie wissen ja wahrscheinlich, daß wir übersiedeln.«

»Bald?« fragte Robert. – »Vor Neujahr wird sich's kaum machen lassen. Aber einige Gegenstände, die wir nicht mehr brauchen können, möchten wir womöglich schon früher loswerden. Doch lassen wir das. Ich freue mich, daß Sie gekommen sind. Beinahe hätte ich Ihnen geschrieben. Aber es ist mir lieber so.« – »Wenn ich gewußt hätte, daß mein Besuch – –« Sie ließ ihn nicht zu Ende reden. »Es hat sich ja allerlei ereignet«, sagte sie, »seit wir uns zuletzt gesprochen haben; aber es scheint wirklich, daß gewisse Ereignisse von den Unbeteiligten schwerer genommen werden, als von den eigentlich Betroffenen. Das Peinlichste an Unglücksfällen ist im Grunde immer die Verlegenheit der andern.«

Robert wollte eben etwas erwidern, als Frau Rolf eintrat, von jener Atmosphäre des Gleichmaßes umgeben, in die anscheinend weder äußere noch innere Stürme Unruhe zu bringen vermochten. Es habe ihr recht leid getan, bemerkte sie, daß sie dem Herrn Sektionsrat auf dem Semmering nicht mehr persönlich hatte adieu sagen können ... Und etwas zögernd fügte sie hinzu: »Aber Sie werden ja allerlei gehört und gelesen haben ...«

Paula, leicht errötend, unterbrach sie: »In den Zeitungen hat eine Menge dummes und unwahres Zeug gestanden.« Robert wollte abwehren, Paula aber fuhr fort: »Richtig ist eigentlich nur, daß der Vater abgereist ist und wahrscheinlich nicht mehr in die Stadt zurückkommen wird. Aber eine zwingende Notwendigkeit dazu besteht keineswegs. Es wäre ihm eben nur peinlich, grade hier in anderen, gegen früher erheblich geänderten Verhältnissen weiter existieren zu müssen. Er gehört nun einmal zu den Menschen, die ein neues Leben nur in einer neuen Umgebung beginnen können. Bei mir ist das anders; – bei uns«, fügte sie mit einem liebevollen Blick auf die Mutter hinzu.

»Ich danke für Ihr Vertrauen«, entgegnete Robert leise.

»Und jetzt«, sagte Paula im Ton endgültiger Erledigung, »genug von uns. Wie geht's denn Ihnen?« Sie erkundigte sich, wie er sich nach einer so langen Urlaubspause wieder in Gebundenheit und Beruf hineingefunden. Ihm war es willkommen, sich aussprechen zu dürfen, und er berichtete lebhaft von seiner neuen Arbeit, die sich mit Fragen des musikalischen Unterrichtswesens beschäftige. Unwillkürlich fiel hierbei sein Blick auf das geschlossene Piano, und als Paula bemerkte, es sei darauf schon lange nicht gespielt worden, schlug Robert, vorerst ohne sich niederzusetzen, ein paar Töne an; sie klangen etwas dumpf, und das Porzellan zitterte leise mit. Paula begann die Gegenstände von dem Klavierdeckel wegzuräumen, und unter Roberts Beihilfe stellte sie Tassen, Teller, Uhr, Armleuchter und Vasen auf den Boden hin. Dann setzte sich Robert an den geöffneten Flügel und hub in seiner Art zu phantasieren an, bis er aus einer Tanzweise, in die er unversehens geraten war und die er dem Moment nicht recht angemessen fand, sich in eine melancholische, in Chopinsche Modulationen verklingende Melodie rettete. Die Frauen schwiegen, nachdem er geendet; er sah sie nicht, da sie hinter ihm in einer Ecke des Zimmers saßen, doch er fühlte, daß ihnen sein Spiel gefallen hatte. Paula erhob sich, trat zu ihm und fragte ihn, ob ihm selbst ein guter Flügel zu Gebote stände. »Ich habe einen vortrefflichen gehabt«, erwiderte er. »Aber im vorigen Frühjahr habe ich ihn, sowie manches andere, verkauft. Sobald ich wieder eine Wohnung nehme, schaffe ich mir einen neuen an. Vorläufig hause ich nämlich noch immer im Gasthof.« In den Augen Paulas schimmerte ein leises Lächeln auf, und er wußte, was es zu bedeuten hatte. In einem Blick, darin sie sich begegneten, wurde das Einverständnis zwischen ihr und ihm über allen Zweifel hinaus klar, und als er sich verabschiedete, sagte Paulas Händedruck noch deutlicher, als es ihre Worte ausgesprochen hatten: Kommen Sie bald wieder.

Wie ist es nur zu verstehen, fragte er sich auf der Straße, daß ich ihrer in den letzten Tagen mit solcher Gleichgültigkeit gedacht habe, ja, daß sie neulich wie in einer Verkleidung durch meine Gedanken schwebte und ich diesem Maskenbild gradezu feindselig gegenüberstand? Es war wie eine unbewußte Scheu, ja, eine Angst, mich ihr wieder zu nähern; denn tief in mir schlummert offenbar noch die Furcht, daß es ihr als meiner Geliebten, als meiner Frau ebenso ergehen könnte wie anderen, die ich geliebt habe.

Wie andern?! – Und er riß sich gleich wieder zurück. Wie ist es ihnen denn ergangen? Ich habe ihnen ja nichts zuleide getan; – darüber besteht nicht der geringste Zweifel mehr. Und doch laufen meine Gedanken immer aufs neue nach dieser Richtung hin, ohne Sinn und Zweck, wie auf ein totes Geleise. Auf ein totes Geleise, wiederholte er. Ja, das ist es. Und das Vergleichswort, das er gefunden hatte, beruhigte ihn beinahe.

Im Kaffeehaus hatte ihn Kahnberg mit Ungeduld erwartet. Der Dichter, der ihn neuerdings zum Vertrauten seiner Liebesschmerzen erwählt hatte, zog ihn in eine stille Ecke und sprach von den Eifersuchtsqualen, die sein Herz durchtobten. Er stehe für nichts mehr ein, behauptete er, er wisse nicht, wie die Sache enden würde. »Heute nacht, während sie schlafend an meiner Seite lag«, bemerkte er in seiner indiskreten Art, die Robert verabscheute, »war ich so nahe daran, ein Ende zu machen – mit allem – mit ihr und mit mir –, daß ich kaum weiß, was mich schließlich davon abgehalten hat. Es sind Abgründe in uns, Herr Sektionsrat; glauben Sie mir, Abgründe.«

»Darin bin ich kein Fachmann«, erwiderte Robert abweisend, »und ich weiß nicht recht, warum Sie grade mir die Ehre erweisen, mich in diese Dinge einzuweihen.«

»Das ist sehr einfach, Herr Sektionsrat. Weil Sie, wie Ihnen auf der Stirne geschrieben steht, ein Mensch sind, der viel erlebt hat und daher manches zu verstehen imstande ist, was andere vielleicht mit Schaudern erfüllen würde.«

»Das ist ein Irrtum, Herr Kahnberg, ich verstehe nicht das geringste von Abgründen. In meiner Seele herrschen höchst geordnete Verhältnisse.«

»Daran zweifelte ich nicht«, erwiderte Kahnberg etwas verletzt.

»Ich habe auch nicht recht begriffen«, fuhr Robert immer gereizter fort, »wie ich zu der Ehre kam, auf der Reise

Ihr Drama zu empfangen – mit einer übrigens allzu schmeichelhaften Widmung. Auf diese Weise werden Sie mich keineswegs zu Ihrem Komplizen machen. Verstehen Sie mich, Herr Kahnberg?«

»Ich höre mit wachsendem Erstaunen zu, Herr Sektionsrat.«

»Das merke ich. Aber Ihre Art, mir zuzuhören, verzeihen Sie, paßt mir nicht.«

»Ich bedauere in der Tat, Herr Sektionsrat –«

»Paßt mir nicht, Herr Kahnberg«, wiederholte er heftig und erhob sich. »Und wenn Sie das Fräulein umzubringen wünschen«, schloß er heiser, »so tun Sie es gefälligst auf eigene Rechnung und Gefahr. Womit ich die Ehre habe.« Er nahm Hut und Stock und entfernte sich. Kaum, daß er auf der Straße stand, sagte er sich, daß er das Gespräch in törichter, ja geradezu verdachterweckender Weise geführt habe, und er beschloß, im Laufe der nächsten Tage die Gesellschaft Kahnbergs, wie überhaupt des ganzen Kreises, lieber zu meiden. Denn bei näherer Überlegung schien es ihm durchaus nicht ausgeschlossen, daß Kahnberg nur dazu ausersehen war, ihm eine Falle zu stellen. Und wenn es auch für ihn selbst feststand, daß er keinen Mord begangen hatte, und glücklicherweise auch, daß er nicht irrsinnig war; – eine andere, höchst bedenkliche Möglichkeit war nicht ohne weiteres von der Hand zu weisen: daß nämlich irgendein anderer, zum Beispiel der Vetter seiner verstorbenen Frau, Herr August Langer, der früher vom Kartentisch aus in höchst eigentümlicher Weise herübergeblickt hatte, ihn des Mords an Brigitte verdächtigte. Nicht minder denkbar war es, daß Alberta drüben in Amerika an irgendeiner Krankheit hinsiechte und daß ihr Geliebter oder Gatte sich einbildete, Robert hätte der Ungetreuen aus Rache ein schleichendes Gift eingegeben. Und was half es, selber gesund zu sein, wenn die Welt von Geistesgestörten wimmelte? Jetzt fehlte nur noch, daß das arme Geschöpf, mit dem er vor ein paar Wochen einen trübseligen Liebesabend verbracht, an den Resten des mitgenommenen Mahls erkrankt oder gar gestorben wäre. Wie sollte er sich dann von dem Verdacht des Giftmordes reinigen, – insbesondere, wenn man zugleich von irgendeiner anderen Seite mit wahnwitzigen Anschuldigungen gegen ihn heranträte?

Ein Kollege aus dem Ministerium begrüßte ihn und hielt ihn durch gleichgültige Fragen in der abendlich belebten Straße eine Weile fest. Robert stand Rede und Antwort, machte sogar eine spaßhafte Bemerkung über den Baron Prantner, und als der andere wieder verschwunden war, blickte Robert, wie aus einem bösen Traum erwacht, rings um sich her. Menschen gingen an ihm vorüber, elektrische Lampen leuchteten rechts und links, aus der gleißenden Helle wuchsen die Häuser zum dunklen Nachthimmel auf. Das Gefühl einer ungeheuren Verlassenheit überkam Robert mit einemmal. Und plötzlich, erlösend, fiel ihm ein, daß Paula auf der Welt und daß er nicht mehr allein war. Rette mich, murmelte er vor sich hin, unwillkürlich mit gefalteten Händen, als wäre es ein Gebet an sie. Und er warf einen Blick empor, als flüchteten am nächtlichen Himmel die sinnlosen Wahngedanken in das Nichts zurück, aus dem sie gekommen waren.

XI

Er ließ drei Tage verstreichen, ehe er seinen Besuch bei Rolfs wiederholte. Er wurde wie ein alter Freund empfangen, fühlte sich wundersam zu Hause, blieb zum Abendessen und verabredete vor dem Weggehen mit Paula für morgen einen Spaziergang im Dornbacher Park. Dort draußen, unter entlaubten Bäumen, im lauen Nebel eines windstillen

Novembertags, erzählte ihm Paula von ihrer frühen Mädchenzeit, und zum erstenmal sprach sie den Namen des Komponisten aus, mit dem ein Gerücht sie vor Jahren in so nahe Beziehung gebracht hatte. Auch von ihren Eltern sprach sie, und Robert glaubte zu erkennen, daß nichts schmerzlicher in ihr nachwirkte als das Verhältnis zu ihrem Vater, dessen zugleich verschlossenem und zärtlichkeitsbedürftigem Wesen sie in all ihrer Kindesliebe innerlich nahezukommen nicht vermocht hatte.

Am nächsten Abend klang der vertraute Ton der gestrigen Unterhaltung in ihnen beiden nach; nach langer Zeit zum erstenmal wieder nahm Paula ihre Geige zur Hand und spielte, von Robert begleitet, eine Beethovensche Sonate. Beide freuten sich an dem für einen ersten gemeinsamen Versuch wohlgelungenen Zusammenspiel, dem auch die Mutter mit Vergnügen lauschte; und sie beschlossen, von nun an allabendlich miteinander zu musizieren.

Nicht immer hatte die Mutter Lust oder Zeit, zuzuhören, und so blieben sie oft zu zweien. Es waren Stunden des reinsten Glücks, in denen sie sich, ohne es in Worten auszudrücken, immer inniger aneinanderschlossen; und als er eines Abends nach dem Verklingen des letzten Tons sich erhob und das Notenheft zuklappte, sah sie ihm, die Geige noch in der Hand, ernst und wie fragend ins Auge, worauf er, wie zur Antwort, einen Kuß auf ihre Stirn und dann auf ihre Lippen drückte. Sie schwiegen lange. Als er endlich etwas sagen wollte, wehrte sie leise ab. »Heute nichts mehr, ich bitte dich darum.«

Er ging. Als er aus dem Haustor trat, wurde ein Fenster über ihm geöffnet. Er blickte hinauf, Paula, einen weißen Schal dicht um den Hals geschlungen, stand oben in der Dunkelheit und winkte ihm ihren Nachtgruß zu.

Beim Nachhausekommen fand er einen Brief vor. Er kam aus Amerika, die Adresse verriet Albertens Schriftzüge.

Also – sie lebte. Das Gefühl von Freude, ja von Befreiung, das ihn plötzlich durchströmte, brachte ihm zum Bewußtsein, daß auf dem Grund seiner Seele jener überwunden geglaubte Wahn immer noch gelauert hatte. Albertens Brief war kurz, sachlich und zeigte wieder jene Unfähigkeit, auch anläßlich der sonderbarsten Schickungen in Erstaunen zu geraten, die ihr in noch höherem Grade als so vielen anderen Frauen eigen war. Sie lebte, wie aus ihrem Brief hervorging, in Chicago und war verheiratet, aber nicht mit dem Amerikaner, in dessen Begleitung sie hinübergereist war, sondern mit einem deutschen Kaufmann, den sie erst drüben kennengelernt hatte. »Im nächsten Sommer«, hieß es weiter, »wollen wir nach Europa reisen, und wenn wir nach Wien kommen und Du noch an mich denkst und Du mich sehen willst, werde ich Dir viel zu erzählen haben.« Dann fragte sie, wie es ihm ergangen sei und ob er nicht, was sie ihm von Herzen wünsche, eine liebe, kleine Frau gefunden habe, die ihn nicht so nervös mache, wie es ihr, freilich ganz ohne ihre Schuld, leider öfters begegnet sei.

In froher Erregung ging Robert in seinem Zimmer auf und ab. Ihm war, als sei durch diesen Brief eine düstere, gefahrvolle Epoche seines Lebens ein für allemal abgeschlossen. Bedurfte es eines solchen Schriftstückes auch nicht mehr zu seiner eigenen Beruhigung, es war unschätzbar als Beweismittel gegen Anschuldigungen und Verdächtigungen aller Art, und er verwahrte den Brief sorgfältig, ehe er sich zu Bett legte.

XII

Die Verlobten suchten in vorstädtischen Bezirken nach einer bescheidenen Wohnung. Sie waren für die nächste Zukunft auf Roberts Beamtengehalt und auf eine geringfügige

Rente aus dem Erbteil von Paulas Großeltern angewiesen, und Paula sprach zuweilen davon, ob sie nicht durch Erteilung von Violinlektionen das Ihrige zum Haushalt werde beitragen können. Als bei dieser Gelegenheit einmal der Name des verstorbenen Komponisten fiel, ließ Robert einen Blick auf ihr ruhen, der eine Erklärung zu erbitten, ja zu fordern schien.

Sie standen auf dem kleinen Balkon der eben von ihnen gemieteten Wohnung. Es war eine Spätnachmittagsstunde, der erste Schnee dieses Winters fiel leise, und ein graues Dämmern sank in die kleinen, ärmlichen, entlaubten Gärten, die, durch niedere Mauern voneinander getrennt, ihnen zu Füßen lagen. Paula zog die dunkle Pelzboa fester um den Hals, trat mit Robert in das kahle, frisch geweißte Zimmer zurück, wo die Hausbesorgerin mit dem Schlüsselbund ihrer wartete, um sie über die schmale, durch freihängende Glühlampen nur notdürftig erleuchtete Stiege und durch den Flur, in dem Bretter und Kacheln herumlagen, ins Freie zu geleiten; und nun gingen sie schweigend weiter, Arm in Arm, durch mäßig belebte Straßen einer stilleren Gegend zu, wo kleine Vorgärten den Beginn des Villenviertels ankündigten. Hier blieb der Schnee schon liegen, während er früher unter ihren Schritten in trübes Grau zerflossen war. Endlich begann Paula: »Ich habe deinen Blick dort oben wohl verstanden. Du hast also auch davon reden gehört?«

»Wie sollt' ich nicht? Die Geschichte war ja fast berühmt.«

»War sie das?« Sie lächelte vor sich hin.

»Wie lang ist's her, daß er tot ist?« fragte er leise.

»Sieben Jahre«, erwiderte sie.

»Du hast ihn geliebt?«

»Er hat mir viel bedeutet. Aber geliebt habe ich ihn nicht. Geliebt hab' ich einen andern. Davon haben die Leute freilich nicht gesprochen, es wäre auch nicht besonders interessant gewesen. Der andere war nämlich ein ganz unberühmter, junger Advokat. Vielleicht hast du ihn gekannt.« Und sie nannte den Namen eines jungen Mannes, dem Robert zuweilen flüchtig in Gesellschaft begegnet war.

»Ein ganz hübscher Mensch«, bemerkte er beiläufig.

»Ja, das war er wohl – und um zwanzig Jahre jünger als der andere.«

»Und wie kommt's, daß auch daraus nichts geworden ist?«

»Ich weiß selber nicht recht. Wahrscheinlich lag es daran, daß beide Geschichten zu gleicher Zeit spielten. Und so hat sich meine Seele bald dem einen, bald dem andern zugeneigt.«

»Deine Seele …«, wiederholte er leise und nahm ihre Hand.

Sie umfaßte mit ihren Fingern die seinen. »Du hast recht. Es war nicht die Seele allein. Aber gefährlich wurde es doch niemals; weder da, noch dort. Vielleicht, weil ich nicht wußte, wohin mit mir. Und so ist ›nichts draus‹ geworden, wie du früher sagtest, weder eine Ehe, noch sonst was … nichts.«

»Und du bereust nicht, – daß du vielleicht ein Glück versäumt hast?«

»Zuweilen ist es schon vorgekommen, das will ich nicht leugnen. Aber du vergißt, mein Lieber«, und sie lächelte müd, »ich bin aus guter Familie.«

Er erwiderte nichts, und sie wandelten weiter im leise herabsinkenden Schnee. Wie rein ist solch ein Leben, dachte er bei sich, wie fleckenlos und rein. Bin ich ihrer wert? Sie weiß, daß ich mancherlei erlebt habe. Doch sie fragt um nichts. Nun ja, warum sollte sie auch neugierig sein? Sie vermutet in meinem Leben nichts anderes als das, was junge Männer eben durchzumachen pflegen. Von dem Dunkel in meiner Seele ahnt sie nichts. Nichts von vergangenen, bösen Wünschen, die heute noch als Gespenster in mir umgehen, nichts von der Angst, die mich in schlimmen Stunden bedrückt, nichts von dem Brief, der in meines Bruders Händen ist, von dem furchtbaren Brief, der ihm Gewalt über mein Leben gibt.

Plötzlich fühlte er eine würgende Angst in sich aufsteigen, eine ganz neue, und doch wieder die alte. Wieso fiel ihm der Brief mit einem Male wieder ein? Was hatte der Brief denn heute noch zu bedeuten? Er hatte doch nur Geltung für einen bestimmten Fall; und dieser Fall lag nicht vor, konnte niemals eintreten. Er war nicht wahnsinnig; er war gesund. Aber was half ihm das, wenn ihn andere für wahnsinnig hielten? Was half es ihm, wenn am Ende der eigene Bruder ihn für wahnsinnig hielt? Konnte es nicht geschehen, daß grade die wundersame Veränderung seines Seelenzustandes, dieses Aufschweben, diese Gelöstheit, diese Heiterkeit seines Wesens, einem getrübten Blick die Anzeichen einer herannahenden Geistesstörung vortäuschten? Vor wenigen Tagen erst hatte sich Marianne ihm gegenüber mit wachsender Besorgnis über ihres Gatten blasses und abgespanntes Aussehen geäußert; – als Robert daraufhin eine brüderliche Mahnung an Otto wagte, war ihm das unverhältnismäßig Gereizte, fast Barsche in dessen Antwort aufgefallen, und in der Erinnerung schien ihm sogar, als hätte in der letzten Zeit Ottos Gang und Haltung einen eigentümlich veränderten Charakter angenommen. Sollte er kränker sein als ich, dachte Robert? – Er – der Kranke – er allein?

»Was ist dir?« fragte Paula. »Habe ich dir weh getan?«

Er faßte sich. »Geliebte«, flüsterte er und drückte ihr die Hand. Aber seine innere Unruhe vermochte er nicht mehr zu beschwichtigen. Er dachte an die tückische Schicksalsmöglichkeit, daß grade jetzt, da er sich dem Dasein wiedergegeben und zu einem stillen Glück bestimmt wähnte, sein unglückseliger Bruder sich zur Einlösung jenes furchtbaren Versprechens berechtigt und verpflichtet glauben könnte. Um seine plötzlich verdüsterte Stimmung zu entschuldigen, hielt er es für angezeigt, Paula mitzuteilen, daß er seit einigen Wochen von ernstlichen Sorgen um den Gesundheitszustand seines Bruders gequält werde, der sich in seinem Beruf immer mehr zugemutet habe, als auch die angespanntesten Kräfte dauernd zu leisten vermöchten. Er sprach von ihm mit Liebe, ja mit Schwärmerei, und fühlte dabei sein Herz von schmerzlich brennendem Mitleid schwellen.

Bewegt hörte Paula zu. Sie kannte Otto nur wenig, doch aus der Entfernung hatte sie ihm seit jeher lebhafte Sympathie entgegengebracht, die sie bei einer zufälligen Begegnung voriges Jahr am Krankenbett einer Freundin bestätigt und gerechtfertigt fand. Roberts Äußerungen steigerten ihre Teilnahme weiter; sie bat ihn, den gemeinsamen, dort längst erwarteten Besuch nicht länger hinauszuschieben, und so setzten sie ihn gleich für den nächsten Tag fest.

XIII

Dieser erste Besuch im Hause des Bruders ließ sich vortrefflich an. Die Kinder waren von der neuen Tante, die Bilderbücher und Näschereien mitbrachte, sofort entzückt, Mariannes kühle Liebenswürdigkeit erwärmte sich allmählich, und Ottos Wesen wirkte auf Paula grade durch den freundlich-spöttischen Ton, der ihm in oberflächlicher Unterhaltung eigen war, vom ersten Augenblick an wie längst vertraut. In diesem Dunstkreis wechselseitiger Herzlichkeit und Sympathie, darin Robert sich bewegte, verloren auch die unruhevollen Gedanken allmählich ihre Macht über ihn, und manchmal, unter einem nach allen Seiten aufgehellten Himmel, glaubte er sich unbedenklich der Zukunft entgegenfreuen zu dürfen.

Doch in einer Nacht, nach einem geselligen Abend im Hause seines Bruders, geschah es ihm nach geraumer Zeit zum ersten Male wieder, daß kein Schlaf über ihn kommen wollte. Viertelstunde auf Viertelstunde hörte er vom Kirchturm schlagen, und er dachte nach, ob ihm nicht im Laufe des verflossenen Abends etwas Unangenehmes oder Peinliches begegnet wäre. Doch anfangs suchte er vergeblich nach der mutmaßlichen Ursache seines steigenden Unbehagens. Der Abend war ungetrübt verlaufen. Robert und Paula als erklärtes Brautpaar hatten von allen Seiten unfeierlich-warme Glückwünsche entgegengenommen; es war ein wenig musiziert worden, endlich, bei Kaffee und Zigarre, hatte man in zwanglos-wechselnden Gruppen geplaudert. Ein engerer Fachkollege Ottos hatte Robert in ein anscheinend harmloses Gespräch gezogen, und dieser erinnerte sich, daß er dem Professor in irgendeinem Augenblick für dessen Zigarre Feuer gegeben und daß ihm bei dieser Gelegenheit das Streichhölzchen aus der Hand geglitten war. Offenbar hatte seine Hand ein wenig gezittert. Nun wurde ihm auch der eigentümliche, prüfende Blick gegenwärtig, den der Professor bei diesem Anlaß auf ihn gerichtet hatte. Robert war sich auch bewußt, sehr rasch geredet und sich ein paarmal versprochen zu haben, wie es ihm nach zwei oder drei Glas Wein leicht begegnete. Es war gewiß nicht undenkbar, daß einem ärztlichen Beobachter alle diese Nichtigkeiten und überhaupt eine gewisse Veränderung in seinem Wesen und in seinen Zügen, vor allem die unleugbare, immer noch vorhandene Ungleichheit der Lidspalten, aufgefallen sein konnten. Und er erwog, ob nicht Otto, dem eigenen Scharfblick grade in diesem Falle nicht völlig vertrauend, seinen Kollegen ersucht hatte, Robert unauffällig zu beobachten. Eines war sicher, daß die beiden, Otto und der Professor, nachher eine Weile in einer Fensternische sich angelegentlich miteinander unterhalten hatten. Und einmal hatte von der Nische her Otto den Bruder mit einem flüchtigen Blick gestreift und gleich wieder weggesehen.

Von plötzlicher Unruhe gepackt, schaltete Robert das Licht ein, sprang aus dem Bett und trat vor den Spiegel. Das Antlitz, das ihm entgegensah, mit fahlen Wangen, weitaufgerissenen Augen und zerrauftem Haar, einen fremden Zug um die Lippen, erschreckte ihn tief. War das überhaupt sein eigenes Gesicht? Ja, das war es wohl, aber so, wie es sich einem offenbaren mußte, dem es gegeben war, hinter den gepflegten Masken des Alltags das echte, das wahrhaftige zu erkennen, in das die Spuren all der Ängste eingegraben waren, die ihn sein halbes Leben lang verfolgt und endlich durch die Welt gejagt hatten. Wenn auch ihre Macht in den letzten Wochen gemildert schien – seiner Umgebung mußte das keineswegs ebenso einleuchtend sein wie ihm selbst, und es war sehr naheliegend, daß Otto, der seit Jahren eine ernstere Nervenerkrankung, vielleicht den Ausbruch einer Geistesstörung bei ihm befürchtet hatte, ihn fortdauernd beobachtete und beobachten ließ.

Dem Professor war er noch niemals im Hause des Bruders begegnet – daß man ihn heute geladen, das konnte kein Zufall sein. Gewiß war Otto beunruhigt, hatte Sorge um ihn und in diesen guten Tagen mehr als je zuvor. Grade jetzt, da Roberts Schicksal äußerlich und innerlich eine günstigere Wendung zu nehmen begann, da er zum erstenmal seit zwanzig Jahren erhobenen Hauptes in die Zukunft schauen durfte, war er seinem Bruder immer nur verdächtiger geworden. Aber ob die Gründe für dieses wachsende Mißtrauen nicht ebensosehr, ja eher noch mehr bei Otto gelegen sein konnten als bei ihm? Ob es sich nicht so verhielt, daß Otto, der in seiner eigenen Seele die ersten Zeichen einer Verstörung zu erkennen glaubte und davor zurückscheute, sie sich einzugestehen, das Unheil in satanischer Weise von sich abzuwenden versuchte, indem er es in eine andere, seiner Ansicht nach längst dafür vorbestimmte Seele, in die des eigenen Bruders hinüberdeutete? Wie oft schon hatte man gehört und gelesen, daß ein Wahnsinniger die Gesunden in seiner Umgebung für wahnsinnig hielt, daß ein geistig völlig normaler Mensch fälschlich als irrsinnig erklärt und ins Narrenhaus gesperrt wurde? Und nichts erweist sich schwerer, als einen Irrtum solcher Art auch für Außenstehende aufzuklären, wenn die Aufmerksamkeit einmal in die falsche Bahn gelenkt worden ist.

Robert dachte an Gerichtsfälle, an Zeitungsnotizen, die von zufälligen, leichtfertigen oder verbrecherischen Irrtümern solcher Art erzählen. Und wie nahe lag ein solcher Irrtum grade in seinem eigenen Fall. Sein Leben lang, mindestens seit Höhnburgs Erkrankung, war er von allerlei Zwangsvorstellungen und schlimmerem Wahn gequält worden und hatte das seinem Bruder nicht nur eingestanden, sondern ihn gradezu gebeten, mit ihm ein Ende zu machen, wenn das Furchtbare Wahrheit würde; nicht gebeten nur, er hatte ihm ein Dokument übergeben, das Otto dazu verpflichtete und zugleich jeder Verantwortung entband. War es nicht vielleicht grade dieses unglückselige Schriftstück gewesen, das in die Seele Ottos zuallererst den Keim der Verstörung gelegt hatte, und hätte sich andernfalls dessen Wahnsinn nicht nach einer ganz anderen Richtung entwickeln können? Glücklicherweise schien Otto selbst seiner Sache nicht ganz sicher, sonst hätte er es wohl nicht darauf angelegt, sich Verbündete zu suchen, um mit seiner Diagnose nicht allein zu stehen. Verbündete waren freilich immer leicht zur Hand, und nun gar hier, wo derjenige, der den Verdacht aussprach, ein Arzt, ein hochgeschätzter Nervenarzt war, von dem keiner ahnte, daß es mit seinen eigenen Nerven nicht zum besten stand, und der Verdächtigte des Arztes Bruder war und ein Mensch dazu, der von Jugend auf als nervös, als ein Sonderling, bei vielen als verrückt gegolten hatte und soeben monatelang berufsunfähig auf Krankenurlaub in der Welt umhergereist war.

Doch so bedenklich die Angelegenheit in diesem Augenblick zu stehen schien, so sehr man auf der Hut sein mußte, verloren war sie noch lange nicht. Für tatsächlich, für im wahren Wortsinn verrückt hielt ihn heute doch niemand, es sei denn, daß Otto selbst schon so weit war. Und wenn die anderen, sogar die Ärzte, die schwere Verstörung Ottos – es mußte ja noch keineswegs Wahnsinn sein – noch nicht zu erkennen vermochten; – er, Robert, der einzige, der klar sah, hatte wohl das Recht, ja die Pflicht, die Menschen in nächster Umgebung auf die drohende Gefahr hinzuweisen; und keineswegs nur darum, um von sich selber eine abzuwenden. Freilich galt es vorsichtig zu sein; und wenn Otto sich seine Verbündeten gesucht hatte, es war ihm, Robert, gewiß nicht verwehrt, das gleiche zu tun, ja, es war seine Pflicht und Schuldigkeit, vor allem um Ottos willen. Er dachte an Doktor Leinbach. Wurde auch dessen ärztliche Gediegenheit, vielleicht sogar die Schärfe seines Verstandes von manchen Fachleuten einigermaßen angezweifelt, er war Robert doch von Jugend auf verbunden, war ihm Freund, liebte ihn in seiner Weise. Und grade, daß er nicht beruflich begrenzt und sehr ferne davon war, ein Spezialist zu sein, machte ihn in diesem Falle zum unbestechlichsten Richter. Er, besser als jeder andere, würde die Eigentümlichkeit und Schwierigkeit von Roberts Lage zu erfassen imstande und am ehesten bereit sein, ihm helfend zur Seite zu stehen. Es war ja nicht notwendig, ihm sofort alles zu sagen, und man brauchte anfangs nicht weiterzugehen, als dringend geboten schien. So nahm sich Robert denn vor, schon am nächsten Tag mit Leinbach zu reden, sonst aber keinen Menschen, nicht einmal Paula, ins Geheimnis zu ziehen.

Dieser Vorsatz beruhigte ihn so sehr, daß er seinem Spiegelbild zulächelte und dieses wieder ihm, was ihm trotz aller Selbstverständlichkeit wohl tat. Er verbrachte den Rest der Nacht in gutem Schlaf, fühlte sich am nächsten Morgen nahezu frisch, versah seine Amtsgeschäfte wie gewöhnlich, ja mit gesteigerter Freudigkeit, die seiner Stimmung noch weiter zugute kam, und als er am späten Nachmittag zu Paula ins Zimmer trat, so hätte dieser auch dann nichts Besonderes an ihm auffallen können, wenn sie nicht überdies durch wichtige Nachrichten abgelenkt gewesen wäre. Ihr Vater, so erzählte sie ihrem Verlobten, hatte vorläufig in einer italienischen Hafenstadt Aufenthalt genommen, wo er Nachrichten eines Jugendfreundes aus Amerika abwartete, um hiervon seine nächsten Entscheidungen abhängig zu machen. Die Möglichkeit einer neuen, und zwar einer journalistischen Laufbahn schien sich ihm zu eröffnen. Und sein Brief gab Zeugnis von einer fast jugendlichen Hoffnungsfreudigkeit, ja von einer gewissen Reise- und Abenteuerlust, – eine Stimmung, die, wie Robert mit Verwunderung wahrnahm, der Gattin und der Tochter nicht nur verzeihlich, sondern vollkommen natürlich erschien. Robert entfernte sich bald, mit dem Bemerken, eine Zusammenkunft mit Leinbach verabredet zu haben, den er seit seiner Verlobung nicht gesehen habe.

Er hatte den Freund ins Kaffeehaus beschieden, um sich bei dieser Gelegenheit auch den anderen Bekannten zu zeigen, denen sein langes Fernbleiben vielleicht sonderbar erschienen sein mochte. Sie beglückwünschten ihn alle sehr herzlich zu seiner Verlobung, August Langer allerdings mit einem eigentümlichen hämischen Zucken der Mundwinkel, ungefähr als ob er andeuten wollte, daß ihm für seinen Teil das Los dieses neuen Opfers, das der einstige Verwandte gefunden, glücklicherweise vollkommen gleichgültig sein konnte. Sofort aber erkannte Robert diese Auslegung, die er eine Sekunde lang einem nichtsbedeutenden Mienenspiel zu geben bereit war, als das letzte Aufflackern einer lächerlichen, längst abgetanen Wahnidee.

Doktor Leinbach schien etwas verletzt, daß auch er nur durch das Gerücht von dem wichtigen Ereignis im Leben seines Freundes Kunde erhalten. Durch Roberts Versicherung, daß ihm die öffentliche Bekanntgabe von Verlobungen stets als eine überflüssige und unzarte Einrichtung erschienen sei, ließ Leinbach sich unschwer beschwichtigen und führte sogar in Ergänzung von Roberts Anschauungen aus, daß man seiner Überzeugung nach in einer höher kultivierten Zeit auch von der Verkündigung vollzogener Heiraten, insbesondere aber von öffentlichen Hochzeitsfeiern als von einer völlig barbarischen Sitte Abstand nehmen würde. Robert ließ ihn eine Weile weiterreden, um ihn sich günstig zu stimmen, endlich aber, als sich Leinbach seiner Gewohnheit nach in endlose philosophische Erörterungen verlieren wollte, unterbrach er ihn mit der Bemerkung, daß er ihn aus einem ganz bestimmten, leider recht ernsten Grunde zu einer Unterredung hierher gebeten habe. Und unter dem Siegel strengster Verschwiegenheit vertraute er ihm seine Besorgnisse wegen Ottos Gesundheitszustand an und fragte ihn, ob nicht auch ihm in der letzten Zeit der unruhige Blick, die übertriebene Reizbarkeit, der sonderbare Gang Ottos aufgefallen sei.

»Ich sehe ihn selten«, sagte Doktor Leinbach und zog die Stirn in Falten.

»Ich möchte gleich bemerken«, fuhr Robert fort, »daß ich nicht der einzige bin, der Otto verändert findet. Auch Marianne ergeht es nicht anders. Und sähest du ihn öfter, so würde es dir gewiß nicht entgangen sein, wie sein Wesen im Laufe des letzten Jahres sich getrübt und verdüstert hat.«

»Verdüstert«, wiederholte Leinbach mit wichtiger Miene. »Das dürfte stimmen. Natürlich verdüstert sich sein Wesen. Wie könnte es auch anders sein. Auch meines verdüstert sich, wenn auch offenbar auf eine andere, minder augenfällige Weise, als es bei Otto der Fall ist. Vielleicht auch merkst du es besser an ihm, weil er dir näher steht als ich. Aber glaube mir, wenn du jemals einem Arzt begegnest, dessen Wesen in einem gewissen Alter, sagen wir zwischen vierzig und fünfzig, licht bleibt, dann kann er nur ein Stümper oder ein Wicht gewesen sein. Bedenke doch nur«, und Leinbachs Stimme bebte ein wenig, »wir sind ja in einem gewissen Sinne dazu bestimmt, die Leiden aller der Menschen auf uns zu nehmen, die uns ihre Leiden klagen, auch wenn es uns nicht direkt zum Bewußtsein kommt, – ja, das ist dann vielleicht noch schlimmer. Die Sentimentalen haben es freilich besser; die werden mit jedem Fall im einzelnen fertig, durch Rührung sozusagen. Aber bei unsereinem, bei den Starken, da ballt es sich zusammen. Natürlich merkt man es im allgemeinen nicht, sonst würden wir ein wahrhaft tragisches Schauspiel darbieten. Nur die Leute, die uns lieben, die merken das, was du eben so richtig Verdüsterung genannt hast. Überhaupt weiß ja niemand etwas von uns außer den Menschen, die uns lieben. Wir selber –«

Robert gab es auf, ihm weiter zuzuhören. Er sah, daß hier nichts für ihn zu holen war. Er hätte es vorher wissen müssen. Warum hatte er diesem abgeschmackten Tropf gegenüber von seinen Besorgnissen überhaupt gesprochen? Es war zum mindesten eine Unvorsichtigkeit gewesen.

August Langer und Kahnberg, der sich der etwas peinlichen Szene von neulich nicht mehr zu erinnern schien, traten herzu und forderten Robert zu einer Kartenpartie auf. Robert nahm den Vorschlag gern an und fand sich bald so angenehm zerstreut, daß er fast bedauerte, sich ein so harmloses Vergnügen seit langer Zeit versagt zu haben. Leinbach schaute dem Spiele vorerst schweigend zu. Bald aber konnte er es nicht unterlassen, Bemerkungen allgemeiner Natur einzustreuen, insbesondere über das, was man in so oberflächlicher Weise als das Glück im Spiel zu bezeichnen pflege, das er für seinen Teil aber seit jeher als den Ausdruck tiefer Zusammenhänge erkannt hatte, die dem Spieler selbst notwendig verborgen blieben. Robert spürte eine wachsende Erbitterung in sich aufsteigen; plötzlich warf er die Karten auf den Tisch und verbat sich mit zornigen Worten alle weiteren Weisheiten des »philosophischen Kiebitzes«. Leinbach lachte wohl, entfernte sich aber bald und verschwand aus dem Kaffeehaus, ohne sich von Robert verabschiedet zu haben. Dieser bereute jetzt seine Heftigkeit um so mehr, als auch seine Spielgenossen ihn mit Befremden betrachteten und sich durch Blicke zu verständigen schienen. Er nahm sich zusammen, beteiligte sich weiter am Spiel, und als nach einer Stunde abgerechnet wurde, durfte er mit gutem Grunde glauben, daß man sein früheres aufgeregtes Wesen wieder vollkommen vergessen hatte. Immerhin konnte er sich im Nachhausegehen nicht darüber täuschen, daß er, der doch hergekommen war, um sich eines Verbündeten zu versichern, jetzt womöglich noch einsamer und, was das schlimmste war, verdächtiger dastand als vorher.

XIV

Am nächsten Morgen begab er sich nicht ins Amt, sondern unternahm einen Spaziergang, der ihn in entlegene, zu dieser Jahreszeit, insbesondere an einem so trüben Nebeltage, fast völlig verlassene Pratergegenden führte. Niemand konnte ihn hier vermuten, er hatte das Gefühl vollkommener Sicherheit, von keiner Seite drohte irgendwelche Gefahr. Später saß er in einer wohlgeheizten Wirtsstube bei einem einfachen Mittagsmahl und wurde nun mit einigem Staunen inne, daß er im Laufe der eben verflossenen Stunden seiner Braut gar nicht gedacht hatte und daß sie ihm jetzt, da er sich ihr Bild ins Gedächtnis rief, nicht scharf umrissen, als die bedeutungsvollste Erscheinung seiner gegenwärtigen Existenz, sondern daß sie in verschwommenen Linien, als gehöre sie einer vergangenen Periode seines Lebens an, vor ihm auftauchte. Er sah sie, von Schneeflocken umweht, auf einem kleinen Balkon stehen, die Hände auf die Brüstung gestützt und nach unten blickend. Doch lag dort nichts, was jenen neulich geschauten Vorstadtgärten im geringsten glich, sondern eine nebelhaft zerfließende italienische Stadt, in der er vor vielen Jahren auf der Hochzeitsreise mit seiner Gattin umhergewandelt war. Aber keinerlei Sehnsucht wurde wach in ihm, weder nach jener längst Dahingeschwundenen noch nach der gegenwärtig Geliebten. Und wenn er jetzt überhaupt jemanden in seine Nähe, ja an seine Seite wünschte, so war es, wie er mit Befremden inne wurde, niemand anders als jene ärmlich verblühende Klavierlehrerin, die er vergessen zu haben glaubte. Und er empfand, daß von allen Menschen, die lebten, sie vielleicht das Wesen war, das am allerstärksten zu ihm gehörte und dessen Schicksal mit dem seinigen geheimnisvoll zusammenstimmte; und daß ihre beiden Daseinslinien sich einmal hatten kreuzen müssen, um dann sofort wieder für alle Zeiten auseinanderzustreben, das schien ihm einen verborgenen Sinn, eine in die Zukunft weisende Bedeutung in sich zu bergen. Und das Bild der blassen Frau begann allmählich solche Lebendigkeit zu gewinnen, daß ihm ward, als sähe er sie draußen vor den Fenstern der Wirtsstube leibhaftig vorübergehen und langsam in den entlaubten Auen verschwinden. Er fragte sich: War dies eine Warnung, eine Mahnung?

Daß die Erscheinung irgend etwas zu bedeuten hatte, wenn sie auch nur aus seiner eigenen Seele in den Nebel dieses Tages emporgestiegen war, daran konnte er nicht zweifeln. Aber wohin deutete sie? Ins Gute oder ins Schlimme? Wem kann man solche Dinge erzählen, fragte er sich weiter. Niemand könnte sie begreifen, und vielleicht sind sie von allen, die uns begegnen, die wesentlichsten. Darum ist man so allein.

In dieser Wirtsstube, wo ihn zu dieser Stunde niemand vermuten konnte, im Dämmer eines frühen Dezembernachmittags, erschien er sich wundersam losgelöst von allen, mit denen er diesen Morgen noch sich nach Menschenart verbunden gewähnt hatte; alle, Braut, Bruder und Freunde, waren wie Schatten der Vergangenheit; und zugleich war ihm, als müßte auch er jenen allen in dieser Stunde nur als blasses Bild durch die Erinnerung schweben. Dies war ihm zuerst nur wie ein seltsamer, fast süßer Schauer, der sich aber allmählich in ein leises Grauen verwandelte; endlich stieg in ihm eine Angst an, die ihn aufjagte und durch die dämmernde, menschenleere, feuchte Allee gegen die Stadt zurücktrieb, als hätte jeder Schritt, der ihn dem Lebensgetriebe näher brachte, zugleich die Kraft, sein blasses Erinnerungsbild in den Herzen der Menschen, die ihn liebten, in ein schärferes und lebendigeres zu wandeln.

Und nun wußte er wieder, daß ein Wesen seiner wartete, das ihm für alle Zeiten zu eigen gehörte, daß ein Bruder seiner dachte, der ihn liebte, ihn vielleicht noch mehr liebte, als es Paula tat, mehr als irgendein Mensch auf der Welt ihn jemals geliebt hatte; ja, der in seiner Liebe bereit war, das Ungeheuerste zu vollbringen und schwerste Schuld auf sich zu nehmen, um ihn vor einem Leben im Wahnsinn zu bewahren.

Er erbebte. Plötzlich wieder war er sich der Gefahr bewußt geworden, die ihn bedrohte. Der Brief! Otto hatte den Brief in Händen, an dem Roberts Schicksal und Leben hing. Der Brief mußte aus der Welt geschafft werden: dies vor allem. Es blieb nichts anderes übrig, als ihn dem Bruder abzuschmeicheln, abzufordern, abzudrohen. Endlich einmal mußte er sich mit Otto aussprechen – über den Brief und über vieles andere ... Was zwischen ihnen sich entsponnen, rätselvoll und tief, vielleicht in frühester Kindheit schon, dieses Ineinanderspiel von Verstehen und Mißverstehen, von brüderlicher Zärtlichkeit und Fremdheit, von Liebe und Haß – es mußte endlich zum Austrag kommen. Noch war es nicht zu spät für sie beide, noch einmal hatte er sein Dasein in eigenen Händen, noch einmal der Bruder das seine. Nun war für Otto der Augenblick da, sich zu entscheiden zwischen Gesundheit und Krankheit, zwischen Klarheit und Verwirrung, zwischen Leben und Tod. Er für seinen Teil, er hatte sich entschieden. Sein Geist war klar, seine Seele gerettet. Nun war auch dem Bruder noch einmal, das letztemal, die Wahl geschenkt.

Als Robert eintrat, blickte Otto von seinem Eintragungsbuch auf, in das er eben Notizen einzuzeichnen im Begriffe war. Robert las in diesem Blick Erstaunen, Mißbilligung und ein leichtes Erschrecken. Er erschien sich ein wenig wie ein Schüler, der, nicht genügend vorbereitet, sich einer bedeutungsvollen Prüfung unterziehen mußte und nun gezwungen ist, sich in seinen Antworten ganz auf die Eingebung des Augenblicks zu verlassen. So nahm er denn einen übertrieben frischen Ton an, den er selbst sofort als gekünstelt empfand.

»Ja, ich bin's«, sagte er. »Zu einer etwas ungewohnten Stunde, nicht wahr. Störe ich dich vielleicht?«

»Durchaus nicht«, erwiderte Otto und sah auf die Uhr. »Willst du dich nicht setzen? Wie geht es deiner Braut?«

»Danke, sehr gut. Sie hat jetzt alle Hände voll zu tun, wie du dir denken kannst. Die Wohnung ist aufgenommen;

weißt du, die, von der wir dir neulich erzählt haben; mit dem Blick in die Gärten. Aber um dich nicht über Gebühr aufzuhalten, – ich komme aus einem ganz bestimmten Grund. Wie ich dir schon neulich erzählte, bin ich damit beschäftigt, wie es sich in solchen Lebensperioden ziemt«, er lächelte wie verschämt, was ihm gleich wieder kindisch vorkam, »Ordnung in meine alten Papiere zu bringen. Da habe ich nun unter andern auch Briefe von unserem gemeinsamen, längst verstorbenen Freund Höhnburg gefunden.« Otto nickte zum Zeichen, daß er sich erinnere. »Und bei dieser Gelegenheit«, fuhr Robert fort, »ist mir eingefallen, daß du dich noch im Besitz eines etwas lächerlichen Schriftstückes von mir befinden dürftest, das ich gern wieder haben möchte.«

»Ein lächerliches Schriftstück?« Otto sah ihn befremdet an.

»Solltest du dich nicht erinnern«, sagte Robert; und etwas zu geschwind, wie er selbst fühlte, entfuhr ihm das erklärende Wort: »Mein Todesurteil.« Und er lachte zugleich.

»Dein Todesurteil?« wiederholte Otto, anscheinend noch immer ohne zu verstehen. Aber gleich darauf verriet ein kurzes Aufblitzen in seinen Augen, daß er verstanden hatte.

»Du erinnerst dich also«, fiel Robert so hastig ein, als hätte er den Bruder ertappt, und er lachte wieder.

Otto verzog die Miene in seiner spöttischen Art. »Ich kann allerdings keine Garantie übernehmen, daß sich dieses Schriftstück noch in meinem Besitz befindet, denn ich habe die Gewohnheit, alle paar Jahre unter dem Zeug, das sich so im Laufe der Zeit ansammelt, aufzuräumen; und es wäre nicht unmöglich, daß auch dein Brief von damals, wie allerlei anderes, irgendeinmal in Flammen aufgegangen ist. Aber wenn du Wert darauf legst, will ich nachsehen.« Er sprach mit einer Ruhe, die sehr absichtlich wirkte.

»Wenn du einmal Zeit hast«, sagte Robert rasch, »so wäre ich dir dankbar, denn ich möchte nicht – und du wirst es begreifen –, daß der Brief später einmal – meinen Neffen in die Hände fiele und sie sich über ihren verrückten, längst verstorbenen Onkel lustig machten.«

»Du bist ja sehr besorgt um deinen Nachruhm«, meinte Otto. »Aber wahrscheinlich bin ich es – unbewußt – schon früher gewesen, und das allerdings etwas lächerliche Schriftstück dürfte gar nicht mehr existieren. Wenigstens erinnere ich mich nicht, daß es mir seit vielen Jahren vor die Augen gekommen wäre.«

»Ich hätte natürlich auch nicht mehr daran gedacht, aber die neue Lebensperiode, in die ich eintrete – nicht wahr, Otto, du verstehst ja – – man möchte alles weit hinter sich geworfen haben, was an trübe Epochen der Vergangenheit mahnt, man möchte jede Spur davon aus der Welt verschwunden wissen ... Leider geht es nicht mit allem so einfach – wie mit einem Stück Papier.«

Otto war aufgestanden und legte dem Bruder, der ihm gegenüber in einem Lehnstuhl saß, mit einer ungewohnten Gebärde der Herzlichkeit die Hand auf die Schulter. Und mit einem allzu freundlichen Lächeln sagte er: »Hast du wirklich jemals im Ernst daran gedacht, daß ich von deiner mir gütigst erteilten Ermächtigung Gebrauch machen würde?« Und mit einem etwas angestrengten Versuch, zu scherzen, fügte er hinzu: »Da hätte ich es schon längst tun müssen.«

»Darin kann ich dir freilich nicht Unrecht geben«, erwiderte Robert bedrückt, »aber nun ist ja doch alles anders geworden, Gott sei Dank. Ja, Otto, daß ich Paula gefunden habe, das ist ein Glück ohnegleichen, ein ganz unverdientes Glück. Dabei mußt du wissen, daß ich es beinahe versäumt hätte.« Er vermochte zu seiner eigenen Verwunderung zu seinem Bruder freier und aufgeschlossener zu reden als sonst. Er sprach davon, wie haltlos und verloren er seit Jahren dahingedämmert, wie die Amtsgeschäfte ihn nicht befriedigt, alle Vergnügungen ihn gelangweilt hätten, wie er immer wieder von allerlei sonderbaren und albernen Einbildungen gequält und umhergehetzt worden sei; wie aber von der Stunde ab, da Paula in sein Leben getreten war, die ganze Welt gleichsam lichtere Farben angenommen, wie er nun sogar in seinem Berufe eine ungewohnte Befriedigung finde, wie insbesondere die Musik dadurch, daß seine Braut auch hier sich ihm als eine wahre Gefährtin erweise, ihm ein ganz neues Glück gewähre und wie er fühle, daß erst jetzt eine schwere Wolke, die er immer als über sich schwebend empfunden, für alle Zeiten geschwunden sei. Alle diese Worte aber, dessen war er sich wohl bewußt, sollten nicht nur sich selbst, nicht nur eine Art von Beichte bedeuten, sie waren auch dazu bestimmt, den Bruder zu versöhnen, dessen Wahn zu zerstreuen und ihm Erleuchtung zu bringen.

»Es ist gewiß ein Glück«, unterbrach Otto des Bruders dahinströmende Wortflut, »daß du endlich das richtige Wesen gefunden hast, und du kannst versichert sein, daß wir alle deine Freude teilen. Steht übrigens schon der Termin der Hochzeit fest?«

Was soll die Frage, dachte Robert bei sich. Gibt er mir noch Frist – bis dahin –? Ist ihm am Ende nur darum zu tun, daß – ich nicht belastete Nachkommen in die Welt setze? Aber er vermochte ganz ruhig zu erwidern: »Der Tag steht noch nicht fest. Im März, denke ich. Wir wollen dann gleich eine schöne Reise machen.«

Otto lächelte. »Du heiratest wohl nur, um wieder dafür einen Vorwand zu haben?«

»Keine sehr lange diesmal«, sagte Robert. »Ich kann nicht wieder für ein paar Monate Urlaub nehmen.«

»Wo wollt ihr denn hin?«

»Nach Dalmatien. Ich möchte Paula Spalato zeigen, den Palast des Diokletian, – Ragusa ...«

Otto nickte. In diesen Gegenden hatten die Brüder vor vielen Jahren einmal als Knaben mit ihren Eltern die Osterzeit zugebracht. Otto erinnerte Robert an manche Einzelheiten jenes Aufenthaltes; und seine Stimme klang so warm, so nah – insbesondere als er dann noch von anderen, längst vergangenen Dingen und endlich auch vom Elternhaus, einem uralten, seither verschwundenen Gebäude der inneren Stadt, zu sprechen anfing –, daß Robert ein wundersames, lange nicht genossenes Gefühl von Geborgenheit durch die Seele fließen fühlte. Doch das währte nur eine kurze Weile. Dann schämte er sich seiner Rührung wie ein Betrogener, heftig hob er das Haupt empor, und mit einem forschend-kalten Blick, der den Bruder notwendig überraschen mußte, sah er ihm ins Auge. Und plötzlich, mit Grauen, erblickte er ein Antlitz, das er kannte. Es war das gleiche, das ihm neulich nachts aus dem Spiegel entgegengestarrt hatte, sein eigenes, blaß, mit weitaufgerissenen Augen und um die Lippen einen schmerzlich entsetzten Zug. Diese Ähnlichkeit war so außerordentlich, so zwingend, daß ihn der Gedanke durchzuckte, ob es nicht wirklich das Bild seines Bruders und nicht sein eigenes gewesen war, das ihm damals warnend oder drohend aus dem Spiegel entgegengeblickt hatte. War es vielleicht die ewige Macht der Blutsverwandtschaft gewesen, die in einem bedeutungsvollen Augenblick durch ein solches geheimnisvolles Zeichen sich bestätigte?

Es war nur natürlich, daß der Ausdruck in Ottos Mienen sich sofort änderte, da er sich beobachtet, ja entdeckt fühlen mußte. Ein Lächeln, allerdings dem Grinsen nah verwandt, erschien auf seinen Lippen, und befangen sagte er: »Ja, mein Lieber, ferne Zeiten, ferne Zeiten. Wie lange könnte man so weiterplaudern ...! Aber leider –« Er brach ab, klappte das Eintragebuch zu, rückte Bücher und Papiere auf dem Schreibtisch zurecht, griff seiner Gewohnheit nach an die Brusttasche nach dem Notizbuch, dann wandte er sich wieder zu Robert, der sich gleichfalls erhoben hatte. »Warst du übrigens schon bei den Kindern, bei Marianne?« Robert schüttelte den Kopf. Otto fuhr mit offenbarer Beflissenheit fort: »Habe ich dir schon gesagt, daß Marianne von Paula gradezu schwärmt?« Er hatte geklingelt und fragte den eintretenden Diener, ob Marianne zu Hause sei. Sie war fortgegangen, und Robert begleitete den Bruder ins Zimmer der Kinder, die eben ihr Abendessen erhielten und es gar nicht hübsch vom Onkel fanden, daß er grade nur hereinkam, um ihnen gute Nacht zu wünschen, und sie gleich wieder mit dem Vater, dessen Eile sie freilich gewohnt waren, verließ.

Auf der Treppe sprach Otto die Erwartung aus, Robert mit seiner Braut recht bald wieder an einem gemütlichen Abend bei sich zu sehen. »Sehr gern«, erwiderte Robert. Aber bei sich dachte er: Ich werde mich wohl hüten. Wozu? Um mich wieder von einem sogenannten Fachmann beobachten zu lassen? – »Und ihr werdet hoffentlich auch einmal bei uns zusammen musizieren«, sagte Otto. »Deine Braut soll ja so schön Geige spielen.« Aus dem Wagen noch nickte er dem Bruder einen Gruß zu, den dieser mit einem heiteren Lächeln erwiderte.

Es ist die höchste Zeit, Vorkehrungen zu treffen, dachte Robert im Weitergehen. Er ist der berühmte Arzt, niemand wird an der Richtigkeit seiner Diagnose zweifeln. Bis die Wahrheit an den Tag kommt, ist es zu spät. Indes kann ich im Irrenhaus längst wirklich verrückt geworden sein. Ob es nicht das klügste wäre, für einige Zeit aus Ottos Gesichtskreis zu entschwinden? Es wäre nicht undenkbar, daß sich dann sein Wahn gewissermaßen von mir loslöste, sich auf etwas anderes einstellte. Ich selbst habe ja mit mir Ähnliches erlebt, als ich noch an meinen Zwangsvorstellungen litt. Aus den Augen, aus dem Sinn – aus den Augen, aus dem Wahnsinn, könnte man vielleicht sagen. Aber ich werde nicht allein wegfahren, nein, ich werde Paula mit mir nehmen. Wird sie bereit sein? Gewiß! Sie ist zu allem bereit, was ich wünsche, es kostet mich nur ein Wort.

Paula hatte ihn mit Unruhe erwartet. »Wo bist du den ganzen Tag gewesen?« fragte sie. Er war verwundert, denn daran, daß er heute morgen das Amt versäumt, hatte er längst nicht mehr gedacht. Nun stellte sich heraus, daß Paula ihn vormittags im Büro vergeblich angerufen, dann in seinem Gasthof angefragt und sich nachmittags zweimal telephonisch bei seinem Bruder erkundigt hatte, ob er dort etwa vorgesprochen. Robert fand es höchst sonderbar, daß Otto ihm gegenüber davon nicht einmal Erwähnung getan, aber er sagte sich gleich, daß es galt, weder Mißtrauen noch Verlegenheit zu zeigen. So machte er denn in humoristischer Weise den ertappten Sünder und gestand, daß er wie in seligen Kinderzeiten eine unbezwingliche Lust verspürt habe, Schule zu stürzen, und in aller Frühe über Land gefahren sei.

Paula schien sich gern überzeugen zu lassen und begnügte sich mit leichten Vorwürfen, warum er sie von seinem Vorsatz nicht verständigt und sie nicht aufs Land mitgenommen habe. Sie saßen, wie es jetzt manchmal der Fall war, in Paulas anmutigem, ganz in Weiß gehaltenem Mädchenzimmer, wo von einer verhängten Deckenlampe über Bilder und Teppiche ein mildrötliches Licht fiel. Robert zog Paula zärtlich in seine Arme; doch er war zerstreut; unklare Fluchtpläne zogen ihm durch den Sinn, und vergeblich versuchte er, ihnen festere Gestalt zu geben. »Was ist dir denn?« fragte Paula.

In diesem Augenblick kam ihm eine Eingebung, die ihm für seine Zwecke besonders glücklich dünkte. Und wie beiläufig warf er hin: »Was denkst du, wem ich heute begegnet bin? – Dem Bräutigam der jungen Dame, von der ich dir einmal erzählt habe.« – »Welcher jungen Dame? ... Du hast trotz deiner Diskretion immerhin schon von einigen gesprochen.« – »Ich spreche von der, mit der ich im letzten Sommer ein paar Wochen in der Schweiz verbracht habe.« – »Von Alberta? Du bist ihr begegnet?« – »Nicht ihr, ihrem Verlobten.« – »Dem Amerikaner?« – »Ganz richtig, dem Amerikaner.« – »Ihrem Mann also?« – »Wieso? Ah, freilich.« Er hatte ganz vergessen, daß er ihr von dem letzten Brief Albertens nichts erzählt hatte, aber er erkannte sofort, daß er diesen Umstand zugunsten seines Planes ausnutzen könnte. Und er sagte: »Ganz richtig, wenn er sie geheiratet hat, was ich wohl annehmen muß, so ist er jetzt ihr Mann. Daran hatte ich gar nicht gedacht.« – »So dürfte Alberta wohl auch in Wien sein?« – »Möglich. Gesehen habe ich nur ihn.« – »Auch gesprochen?« – »Nein, er hat mich gar nicht bemerkt. Er befand sich auf der anderen Seite der Straße.« Und rasch, als legte er der soeben von ihm erfundenen Begegnung keinerlei Bedeutung bei, brachte er das Gespräch auf andere Dinge und sprach angelegentlichst von der Einrichtung ihrer künftigen Wohnung und von gewissen Anschaffungen für den zu gründenden Haushalt.

Nach dem Abendessen entwarfen sie unter Beihilfe der Mutter eine genaue Liste aller nötigen Gegenstände und verabredeten endlich für den morgigen Tag zum Zweck dieser Einkäufe einen gemeinsamen Gang in die Stadt. Zu später Stunde erst verabschiedete sich Robert in anscheinend aufgeräumter Stimmung und glaubte auch den Rest von Unruhe aus Paulas Gemüt verschwunden.

XV

Als Robert am nächsten Morgen aus seinem Zimmer trat, fand er seinen Bruder vor der Tür stehen. Robert fühlte sich erblassen, doch es gelang ihm, sein Erschrecken zu verbergen, und wie erfreut rief er aus: »Du bist's? Das ist aber wirklich sehr nett. Willst du nicht –« – »Du bist im Fortgehen«, sagte Otto. Er stand in der Tür; beide Hände in den Taschen seines Pelzes vergraben, mit einem allzu heiteren Gesicht. »Oh, es eilt nicht. Komm doch herein.« Und er schloß die Tür hinter Otto, der ihm ins Zimmer gefolgt war. »Ich wollte dich nämlich fragen«, begann Otto, »ob du vielleicht heute abend mit Paula und ihrer Mutter bei uns zu Abend essen möchtest?« – »Gern, sehr gern.« – »Und da wollte ich gleich die Gelegenheit benutzen und mir doch einmal dein Zimmer ansehen, das du ja nun nicht mehr lange bewohnen wirst.«

Er betrachtete den Raum nach allen Seiten. »Ganz hübsch«, sagte er, trat zum Fenster, blickte auf die Heiligenstatue, in deren steinernen Falten gefrorener Schnee lag, und schien zu überlegen. Robert, auch im Überzieher, den Hut in der Hand, stand hinter ihm und hielt den Blick auf Ottos gesenkten grauen Kopf geheftet, der sich aus dem Pelzkragen hervorhob und ihm nun sonderbar fremd erschien, wie der eines müden alten Mannes, den er nicht kannte. Was hat dieser Besuch zu bedeuten? fragte er sich. Was will er hier? Flüchtig fuhr ihm durch den Sinn, ob Otto nicht etwa ein giftiges Pulver mitgebracht hätte, das sich im Raum verbreiten und später seine verderbliche Wirkung entfalten sollte; und er nahm sich vor, für alle Fälle nachher das Fenster zu öffnen. Plötzlich wandte Otto sich um, Robert verlieh seinem eigenen Blick einen unbefangenen Ausdruck und bemerkte, daß Ottos Augen sich leicht umschleierten. Gleich darauf trat Otto ganz nahe zu ihm hin und meinte lächelnd: »Du bist nun hoffentlich endgültig vernünftig geworden.« – »Endgültig?« wiederholte Robert, für seinen Teil den scherzhaften Ton aufnehmend. »Das kann man ja nie wissen. Bei mir schon gewiß nicht. Und ist es denn gar so wünschenswert, vernünftig zu sein, endgültig vernünftig?« – »Meiner Ansicht nach doch wohl«, erwiderte der andere ernst, beinah hart. – »Das wäre noch zu beweisen«, entgegnete Robert eigensinnig. »Vielleicht bin ich sogar verrückt. Ich will es nicht in Abrede stellen. Aber wenn ich es bin, so fühle ich mich sehr wohl dabei. Und das ist doch die Hauptsache, nicht?« Es war ihm, als eröffnete sich ihm mit einemmal eine neue Aussicht auf Rettung. »Ich habe mich niemals vorher so wohl gefühlt«, wiederholte er mit Betonung. »Also mach dir um meinetwillen keine Sorgen, ich versichere dich, daß ich mit keinem Menschen auf der Welt tauschen möchte.«

Ottos Antlitz war unbeweglich geblieben. »Nun, so ist ja alles in Ordnung«, sagte er. Es klang wie zerstreut. Und dann, als fiele es ihm eben erst ein, brachte er aus einer Tasche seines Überrocks ein zusammengefaltetes Papier hervor. »Daß ich nicht vergesse«, sagte er leichthin, »da ist dein Brief.« – »Was für ein Brief?« fragte Robert, der sich im ersten Augenblick tatsächlich nicht zu besinnen vermochte. – »Den du gestern von mir verlangt hast. Ich habe ihn glücklicherweise noch vorgefunden. Hier ist er, vergewissere dich nur«, fügte er lächelnd hinzu, »ob ich nicht etwa einen anderen untergeschoben habe.«

Robert atmete tief auf, wie wenn ihm ein Gnadengeschenk geworden wäre. Seine Augen feuchteten sich, er konnte seiner Tränen nicht Herr werden, und unwiderstehlich hingezogen sank er dem Bruder schluchzend an die Brust. Eine Weile lag er so und spürte, wie gute, etwas schüchterne Hände ihm leise über die Haare strichen, so daß er ferner Kinderzeiten und längst vergessener elterlicher Zärtlichkeiten gedenken mußte. Plötzlich aber – er war dieses wundersamen Gefühls von Geborgenheit sich kaum bewußt geworden – fuhr ihm der Gedanke durch den Kopf: Was bedeutet das? Warum hat er den Brief herausgesucht? Warum hat er ihn mir wiedergebracht? Will er mich in Sicherheit wiegen? Ja. Das ist's. Er nimmt es auch ohne Brief auf sich. Diesen Brief haben gewiß schon andere gesehen. Otto hat eine Abschrift genommen und sie vom Notar beglaubigen lassen. Er bedarf des Originals nicht mehr. Nun denkt er, daß ich ihm nicht mehr entgehen kann. Nun bricht er den Stab über mich. Seine Hände streicheln über mein Haar; nicht Segen bedeutet das – sondern Abschied und Urteil. Zugleich wußte er, daß alles darauf ankam, sich jetzt nicht zu verraten. Und er blieb so lange am Halse seines Bruders hängen, bis er sich innerlich gefaßt und seine Züge zum Ausdruck beruhigten Ernstes geordnet hatte. Dann machte er sich los und blickte seinem Bruder heiter ins Antlitz, das nun ein blasses, maskenhaftes Lächeln zeigte. War Otto in diesem Augenblick schon völlig entschlossen, zu tun, wozu ihm jener Brief, den er hinterhältigerweise zurückgebracht, Vollmacht erteilte?

Darüber war sich Robert nicht im klaren. Er wußte nur, daß dieser Entschluß, auch wenn er vielleicht für den Augenblick ins Schwanken geraten, im nächsten schon unwiderruflich sein konnte. Darum gab es nur eines mehr – Flucht. Flucht noch am heutigen Tage. Denn das Morgen schon konnte Verderben bringen. Wohin? Das war am Ende gleichgültig. Alles übrige würde sich finden, wenn er erst mit Paula die Stadt verlassen hätte. Seine Miene gehorchte ihm so sehr, daß sie von den Vorgängen in seinem Innern nicht das mindeste verriet. Den Brief, den Otto ihm gegeben, hielt er in der Hand, sah ihn flüchtig durch, ohne ihn eigentlich wieder zu lesen, zerriß ihn in kleine Stückchen, und mit einem humoristischen Lächeln zu seinem

Bruder hin warf er sie in den Ofen. »Und nun wird es Asche«, sagte Otto bedeutungsvoll und mit einem Pathos, das sonst seine Art nicht war.

Wie ungeschickt, dachte Robert und stieß mit dem Fuß die Ofentür zu.

»Aber du solltest wohl längst im Amt sein«, meinte Otto in übertrieben frischem Ton. »Darf ich dich nicht hinbringen?« – »Danke. Ich gehe vor der Arbeit gern in der klaren Winterluft ein paar Schritte zu Fuß.« Er öffnete das Fenster, wie er sich vorgenommen, dann verließ er mit seinem Bruder das Zimmer.

»Also wir rechnen zuversichtlich darauf«, sagte Otto auf der Stiege, »euch heute abend bei uns zu sehen. Nicht wahr?« Robert nickte. Nun war es ihm völlig klar. Heute abend sollte es geschehen. Ein Pülverchen in den Wein oder in den Kaffee ... alles ist vorbei – und dann heißt es: es ist ein Herzschlag gewesen. Die einfachste Sache von der Welt. Wie oft mag sich dergleichen zutragen, und kein Mensch erfährt davon.

Am Tor reichte Otto dem Bruder nochmals die Hand, bat ihn, pünktlich zu sein, dann stieg er in den Wagen, nahm eilig eine Zeitung vor und war scheinbar schon tief ins Lesen versunken, als der Wagen sich in Bewegung setzte. Robert bedachte, daß ihm jedenfalls die Zeit bis abend acht Uhr geschenkt war. Bis dahin drohte keinerlei Gefahr, und so konnte alles in Ruhe überlegt und vorbereitet werden. Vorerst begab er sich ins Amt, wo er sich zeigen wollte, um keinerlei Verdacht zu erregen. Am Schreibtisch merkte er mit Verwunderung, daß die Arbeit sein Interesse so sehr in Anspruch nahm, als befänden sich alle übrigen Angelegenheiten für ihn in völliger Ordnung. Er schrieb einige Bemerkungen und Ergänzungen nieder, was ihm so leicht von der Hand ging, daß er fast bedauerte, seinen Entwurf vorläufig nicht zu Ende führen zu können. Mit dem

Baron Prantner, der ihn gegen Mittag zu sich bescheiden ließ, besprach er eingehend gewisse Einzelheiten der Arbeit, erbat kurzen Urlaub, um sie zu Hause oder auf dem Land ungestört zu Ende bringen zu können, und es fiel ihm ein, daß er sie tatsächlich mit sich nehmen, vollenden und dann als vollgültigen Beweis für seine Gesundheit an das Ministerium absenden könnte.

»Was ist Ihnen?« hörte er plötzlich wie in einem Traum die Stimme des Barons. Und, erwachend, fragte er sich sofort, ob sich seine geheimen Gedanken nicht in seinen Augen, seinen Mienen gespiegelt hätten? Doch der erschrokkene Blick des anderen ließ ihn vermuten, daß hier schon früher ein Verdacht bestanden hatte. Eine Anzahl kleiner Vorkommnisse aus der allerletzten Zeit stieg in Roberts Erinnerung auf, denen er leichtfertigerweise keine Bedeutung beigelegt hatte; sonderbar lauernde Blicke seiner Amtskollegen, das plötzliche Verstummen eines Gesprächs zwischen dem Sektionschef und dem Hofrat, als er selbst unerwartet dazugetreten war. Und er bebte vor Scham und Angst in dem Gedanken, daß seine ganze Umgebung schon längst vor ihm als vor einem Geistesgestörten gewarnt sein mochte. – Ja, vielleicht war Otto in dieser Stunde bei Paula und senkte in ihr Herz den Keim des furchtbarsten Mißtrauens, um dann, wenn die Tat vollbracht war, gerechtfertigt, ja als Helfer, als Erlöser, vor ihr und den anderen dazustehen.

»Was ist Ihnen?« fragte der Baron nochmals und legte die Hand auf Roberts Schulter.

Eine rasche Überlegung sagte Robert, daß er sich aufs äußerste zusammennehmen müsse, um einen gefährlichen Verdacht nicht zu trügerischer Gewißheit werden zu lassen. Er strich sich über die Stirn und erwiderte ruhig: »Nichts, Herr Baron, nichts weiter als ein Kopfschmerz, ein fliegender Schmerz, der mich, wie zur Erinnerung an meine nervösen Zustände vom vorigen Jahr, manchmal zu überkommen pflegt. Es ist auch schon vorüber.«

Sichtlich erleichtert atmete der Baron auf. »Nun, das ist ja gut«, sagte er. »Wir wollen hoffen, daß auf dem Land auch diese letzten Mahnungen endgültig schwinden werden …«

»Oh, ich bedarf keiner Erholung, Herr Baron, keineswegs. Der kurze Urlaub, den Herr Baron so gütig sind mir zu bewilligen, soll wirklich nur dazu dienen, meinen Entwurf, mit dessen letzter Fassung ich Ihre Geduld schon über Gebühr in Anspruch nehme, endlich abzuschließen.« Und mit einigen knappen und klaren Worten ergänzte er seine Ausführungen von vorher. Befriedigt nickte der Baron, und als Robert ihn endlich verließ, schien er den kleinen Zwischenfall vollkommen vergessen zu haben.

XVI

Die Mittagsglocken läuteten durch die Stadt, während Robert auf dem kürzesten Weg zu Paula eilte. Sie schien erstaunt, sogar ein wenig erschrocken, als sie ihn zu so ungewohnter Stunde in ihr helles Zimmer treten sah. Der heitere Ausdruck, den er seinen Mienen zu verleihen gewußt hatte, beruhigte sie sichtlich, und er erkannte sofort, daß s i e wenigstens noch nicht vor ihm gewarnt worden war. Für diesen Fall war er entschlossen gewesen, ihr sofort zu eröffnen, welch unheilvoller Wahn seines Bruders Geist umfangen hielt; nun durfte er damit noch zuwarten und konnte im übrigen seinen Einfall von gestern für seine Zwecke weiter nutzen. Er umarmte sie zärtlich, und in einem leidenschaftlichen Ton, der ihr nicht ungewohnt war, fragte er sie: »Könntest du dich entschließen, mit mir fortzufahren?« – »Fort?« – »Nur für ein paar Tage. Aufs

Land.« – »Aufs Land? Mit – mit dir allein?« – »Ja, mit mir allein, mit mir ganz allein.« Er zog sie an sich. – »Ja, was ist denn geschehen?« fragte sie mit großen Augen. – »Vorläufig nichts. Ich habe dir doch gestern erzählt, daß der Amerikaner hier ist. Heute kann ich dir mehr sagen. Er ist um meinetwillen hier.« – »Um deinetwillen, was soll das bedeuten?« – »Nichts anderes, als daß er Schlimmes im Schilde führt.« – »Schlimmes ...? Ich verstehe dich nicht.« – »Gestern nacht, als ich grade ins Tor meines Gasthofs treten wollte, sah ich ihn gegenüber im Schatten der Kirche umherschleichen. Er hat mir aufgelauert, zweifellos. Du wirst fragen warum? Die Sache ist so einfach wie möglich. Eifersucht. Nachträglich erwachte Eifersucht.« – »Woraus schließt du aber –? Ist denn auch Alberta hier?« – »Das – das weiß ich nicht. Ich glaube es nicht recht. Wahrscheinlich ist sie drüben geblieben. Vielleicht hat er sie längst umgebracht.« – »Umgebracht?« Sie starrte ihn an. – Er erwiderte sachlich: »Warum nicht? So was kann sich ja ereignen, ohne daß es irgendwer erfährt oder auch nur vermutet. Übrigens kommt das für uns nicht in Betracht. Wir wollen annehmen, daß sie lebt.« Er lachte. »Für mich, und wie ich hoffen möchte auch ein wenig für dich, ist nur wesentlich, daß er da ist und es auf mich abgesehen hat. Heut nacht bin ich ihm entkommen, es ist mir gelungen, ins Tor hineinzuschlüpfen, ohne daß er mich bemerkt hat. Die halbe Nacht ist er unten hin und her spaziert – vielleicht noch länger, ich weiß nicht, denn ich habe mich endlich schlafen gelegt.« – »Und heute morgen?« – »War er nicht zu sehen. Vorläufig. Und er denkt sich, daß ich ihm doch nicht entwischen kann. Aber darin soll er sich irren. Ich reise ab. Und du begleitest mich.«

Er faßte sie ins Auge, sie nickte nur. »Von der Reise aus leite ich alles Weitere ein. Das wird nicht sonderlich schwer sein. Aber auf ein paar Tage oder Wochen will ich von hier verschwinden, denn es wäre doch lächerlich, sich einem Irrsinnigen auszuliefern. Oder hältst du das etwa für Feigheit?« – »Was fällt dir ein.« – »Und du mußt mit, Paula, du mußt mit mir kommen. Deiner Mutter darfst du es natürlich nicht vorher sagen. Du schreibst ihr ein Wort vom Bahnhof aus, das genügt. – Nun, Paula, warum antwortest du nicht? Reut es dich doch –?« – »Was sollte mich reuen?« – »Daß du mir versprochen hast, mit mir zu reisen. Sprich nur, gesteh. Jetzt regen sich doch gewisse bürgerliche Bedenken –?« – »Was fällt dir ein, Robert! Ich denke nur –« – »Was denkst du?« – »Ob es nicht klüger wäre, richtiger meine ich, wenn man versuchte, die Sache hier, an Ort und Stelle, in Ordnung zu bringen.« – »In Ordnung bringen? Wie stellst du dir das vor? Ich habe keine Zeit zu verlieren, und von dem, was ich dir jetzt anvertraut habe, darf niemand ein Wort erfahren, das könnte uns beiden das Leben kosten. Ja, dir auch. Verlaß dich nur ganz auf mich. Es ist alles wohlerwogen. Ich erwarte dich auf dem Westbahnhof. Punkt sechs Uhr fährt unser Zug. Du mußt nicht viel mitnehmen. Um zehn Uhr abends kommen wir in dem Ort an, den ich vorläufig als Zuflucht gewählt habe.« – »An welchem Ort?« – »Sei nicht böse, wenn ich ihn nicht nenne. In der Zerstreutheit könntest du dich verraten. Vielleicht ist es auch Aberglaube. Du mußt es mir zugute halten, Paula. Schwör mir nur, daß du zur festgesetzten Stunde auf der Bahn bist, sonst ist alles umsonst. Ohne dich bin ich verloren. Auf jeden Fall. Das ist mein untrügliches Gefühl. Wenn du nicht dort bist, ist alles aus. Und – wenn du nicht allein kommst, auch. Versteh mich gut. – Also du bist auf der Bahn und wirst keiner Menschenseele eine Silbe verraten. Niemandem, Paula, niemandem.«

Er wollte hinzufügen: auch meinem Bruder nicht – aber er ließ es sein. »Also, wirst du dort sein?« – »Natürlich werde ich dort sein.« Sie stand vor ihm, totenblaß und mit einem verzerrten Lächeln. Aber er merkte nicht, daß ihre Züge sich so seltsam verändert hatten.

»Nun, so ist alles gut«, sagte er. »Und nun will ich fort, mein Geliebtes.« – »Schon fort?« wiederholte sie mit schwankender Stimme. – »Ich habe doch noch allerlei zu besorgen«, meinte er, »wenn es sich auch nur um eine Reise von ein paar Tagen handelt – also du mußt mich entschuldigen.« Er erhob sich, sie hielt seine Hände fest. »Soll ich dich nicht ein Stück Wegs begleiten?« – »Ich danke dir, Liebste, bleib nur daheim und benutze die Zeit lieber, um deine Sachen zusammenzurichten. Viel brauchst du natürlich nicht mitzunehmen auf die Reise; auf die Hochzeitsreise«, fügte er leise hinzu, sie heftig an sich ziehend. Er fühlte sie in seinen Armen ein wenig zittern und nahm es für bräutliche Erregung. »Auf Wiedersehen«, sagte er dann, küßte ihre kühlen Lippen, und mit einem vergnügten Nikken, als wäre das Ganze ein Spaß gewesen, verließ er das Zimmer.

Er eilte die Treppen hinunter, in Angst, daß sie ihm nachrufen könnte; und auch auf der Straße schlug er einen raschen Schritt ein. Wird es wirklich nur auf Tage sein? fragte er sich. Halte ich es denn für möglich, daß Otto einfach durch die Tatsache meines Verschwindens wieder zur Vernunft kommen könnte? Ist es nicht viel wahrscheinlicher, daß er meine Abreise als ein neues Zeichen in seinem Sinn deutet, daß er meinen Aufenthalt zu entdecken sucht, mich verfolgt oder verfolgen läßt und am Ende – findet?! Nein, das wird er nicht. Ich werde schlauer sein als er. Finden sollen sie mich nicht! Wie wär's, wenn ich einen Selbstmord vorspiegelte? Kein übler Einfall. Doppelselbstmord. Ich und Paula. Wir lassen einen Brief zurück … wie man es in solchen Fällen zu tun pflegt. Man würde sich nicht einmal sonderlich wundern. Niemand. Der Baron Prantner gewiß nicht. Auch Herr Kahnberg nicht. Und Otto am wenigsten.

Er würde seine fixe Idee nur bestätigt finden. Ich hätte ihm eine Mühe erspart. So würde er sich die Sache zurechtlegen. Und er wäre der Sieger. Der Sieger? Ist es denn ein Kampf? Wollen wir einander denn überlisten? Ich muß es anders anstellen. Beweisen, ja beweisen muß ich seinen Wahnsinn. Ja. Darauf kommt es an. Sonst habe ich ja keine Ruhe mehr in der Welt. Wir können uns nicht auf Lebenszeit verstekken, Paula und ich. Das wäre freilich das Schönste. Verschwinden, ein neues Leben beginnen, anderswo, unter einem anderen Namen womöglich – als ein anderer Mensch. Ja, wenn das durchzuführen wäre!

Er stand vor dem Bankgebäude, wo der Rest seines kleinen Vermögens verwahrt lag, trat ein, ließ sich eine größere Summe ausfolgen und redete zu dem Beamten, der ihm persönlich bekannt war, in humoristisch-geheimnisvoller Weise von einer finanziellen Transaktion, die er vorzunehmen gesonnen sei. Er steckte das Geld zu sich, nahm eilig das Mittagmahl in einem kleinen Wirtshaus, das er vorher niemals betreten hatte, und vor zwei Uhr nachmittags war er in seinem Gasthof. Der Portier teilte ihm mit, daß ein Herr nach ihm gefragt habe, ohne eine Karte zu hinterlassen. Die oberflächliche Schilderung paßte am ehesten auf August Langer; auffallend war, daß, nach dem Bericht des Portiers, in einiger Entfernung ein zweiter Herr in einem Wagen gewartet hatte. War es so weit –? Er eilte die Treppe hinauf in sein Zimmer. Er zweifelte nicht daran, daß alles vorbereitet war, ihn zu vorläufiger Beobachtung in eine Anstalt zu bringen. Damit wäre sein Schicksal natürlich besiegelt. Jedenfalls war es Torheit, noch eine Viertelstunde länger hier zu verweilen, wo er seiner Freiheit, vielleicht seines Lebens nicht mehr sicher war. Er mußte den Gasthof sofort verlassen, wie zu einem Spaziergang, und mit einem früheren Zug abreisen, als er mit Paula verabredet hatte. Er steckte die allerwichtigsten Papiere zu sich, verschloß seine

Schränke, verließ das Zimmer zehn Minuten, nachdem er es betreten, zündete sich in der Toreinfahrt eine Zigarette an und schlenderte langsam davon.

In einer entfernteren Straße nahm er einen Wagen, besorgte auf dem Weg zur Bahn allerlei, was er für die nächsten Tage benötigte, auch eine Reisetasche, in die er das Eingekaufte packte, und war eine Viertelstunde vor Abgang des Dreiuhrzuges auf dem Bahnhof angelangt. Im Wartesaal warf er einige Zeilen für Paula aufs Papier. Aus Gründen, die er ihr erst mündlich auseinandersetzen könne, sei er schon einige Stunden früher abgefahren. Sie aber solle zur verabredeten Zeit Wien verlassen. Er wolle sie um zehn Uhr abends in der Station, die er ihr nun nenne und die sie bei Gefahr des Lebens niemandem verraten dürfe, erwarten. Er schloß mit den Worten: »Ich habe nicht Zeit, mehr zu schreiben. Du weißt alles. Laß mich nicht vergeblich warten. Geliebte, ich beschwöre dich nur, sei verschwiegen, mein, unser Leben steht auf dem Spiel.« Durch den Kutscher, der ihn an die Bahn geführt hatte, ließ er den Brief an Paula befördern. Und ein paar Minuten darauf saß er im Zug.

XVII

An diesem grauumzogenen Dezembertage dunkelte es früh. Kaum war der Zug über die Vorstädte und die kleinen Villenorte hinausgeflogen, so setzte ein leichter, allmählich dichter werdender Schneefall ein, so daß Wald, Hügel, Landstraße und Dächer bald in einem linden, herzberuhigenden Weiß schimmerten. Robert hatte sich Zeitungen gekauft, und allein in seinem Abteil, versenkte er sich in Nachrichten von nah und fern, die ihm so gleichgültig waren, daß er bald über ihnen einschlummerte.

Als er wieder zu sich kam, glitt der Zug durch ein enges Felsental. Der Flockenfall hatte aufgehört, und von dem starren Schnee, der auf den sanfteren Hängen und über dem Nadelholz liegengeblieben war, zeigte der Abend sich wunderbar erhellt. Bald traten die Felsen so eng zusammen, daß das Brausen der Ache aus der Tiefe vielfach verstärkt heraufdrang. Dort, wo die Berge zurücktraten, war der blaue Winterhimmel ausgestirnt und weitgespannt zu erschauen. Als der Zug ein paar Minuten in einer Station hielt, öffnete Robert das Fenster. Die Luft war kalt und erfrischend, die Stille tröstlich und gut. Die Seltsamkeit seiner Reise kam Robert zu Bewußtsein. Ob es am Ende wirklich nur eine Reise war? Ob das, was er als Flucht geplant und unternommen, nicht bestimmt sein konnte, als Vergnügungsfahrt zu enden? Ein letztes Mal regte sich die Hoffnung in ihm, daß er sich vielleicht doch getäuscht hätte, daß sein Bruder nicht wahnsinnig war, daß alles gut enden werde, daß er selbst in die Lage kommen könnte, Paula gegenüber seine Geschichte von dem eifersüchtigen Amerikaner als ein Märchen auszugeben, zu dem Zweck erdacht, um der Geliebten die Zustimmung zu einer vorzeitigen Hochzeitsreise zu entlocken. Doch das dauerte nicht lange. Eine so trügerische Beruhigung, die ihm gewiß nur aus einer Erschlaffung seiner Nerven kam, war er verpflichtet abzuweisen, da sie doch nur eine neue Gefahr bedeutete. Er erinnerte sich des heutigen Morgens, des letzten Blicks aus den Augen seines Bruders, und er wußte, daß er sich auf einer Flucht befand.

Der Zug hielt in dem kleinen Marktflecken, den Robert in der Erinnerung einiger mit Alberta hier verbrachter Sommertage als vorläufigen Aufenthaltsort gewählt hatte. Nun, da er das langgestreckte Dorf, das er sich auch auf der Herreise immer nur im frischen Grün und in Sommerfarben vorzustellen vermocht hatte, winterlich verschneit vor sich liegen sah, war ihm, als empfange ihn eine ganz andere, eine fremde, nie vorher geschaute Gegend. Er überließ einem Lohndiener seine Tasche und folgte ihm über eine Brücke, unter der die Ache rauschte, durch eine längs des Wassers hinführende Allee, deren er sich aus jenem Sommer wie eines hohen, schützenden Baumganges erinnerte, endlich durch einen Torbogen, unter dem aus einer schmiedeeisernen Laterne ein mattes, gelblichrotes Licht schimmerte, auf den verlassenen Hauptplatz mit dem schweigenden Brunnen, zum Gasthof hin. Ein großes Zimmer wurde ihm angewiesen, dessen hohes Bogenfenster dem blaßleuchtenden Gebirge zugewandt war. Über der alten Kommode an der Wand hing in Öldruck lebensgroß ein Madonnenbildnis. Zu beiden Seiten des breiten Bettes sanken bescheidene Kattunvorhänge nieder. Robert erklärte sich mit dem Zimmer einverstanden und bemerkte, daß seine Gattin mit dem nächsten Zug, abends um zehn Uhr, eintreffen werde. Die Glühlampe, die von der Decke herabhing, leuchtete so schwach, daß er sich genötigt sah, Kerzen zu verlangen. Man stellte sie ihm in zwei Messingleuchtern auf den riesigen, wackligen Tisch, dann blieb er allein. Eine Weile sah er durchs Fenster über Dächer, beschneites Ackerland, bewaldete Hänge zu den Felsen hin, zwischen deren verschneiten Rinnen und Rissen das graue Gestein dünnwandig, unkörperlich ihm entgegenstarrte. Als in dem grünlichen Kachelofen nach einiger Zeit die Holzscheite zu glimmen und zu knistern begannen, setzte er sich, noch immer im Pelz, auf den schwarzen, ans Bett gerückten breitlehnigen Lederstuhl. Drei einsame Stunden lagen vor ihm. Sein Vorsatz war, die Zeit zu benutzen, um für alle Fälle in knapper Form die Umstände niederzuschreiben, die ihn zu seiner plötzlichen Abreise bestimmt hatten; ob nun das, was er zu schreiben gedachte, jemals von irgendeinem Menschen gelesen werden oder ob es nur zu seiner eigenen Sammlung und Beruhigung dienen sollte.

Er ließ sich ein paar Bogen Kanzleipapier bringen, setzte sich an den Schreibtisch, und mit einer Sicherheit des Wortes, wie sie ihm sonst nicht zur Verfügung stand, in kurzen, eindringlichen Sätzen, warf er, da er ganz unwillkürlich mit Daten seiner Geburt und frühesten Kindheit begonnen, einen Abriß seines ganzen Lebens bis zum heutigen Tage aufs Papier.

Er schrieb mit fliegender Feder zwei Stunden lang; und die letzten Worte, die er, vorläufig abschließend, hinsetzte, lauteten: »Ahnung eigener Mitschuld an der Wahnidee meines Bruders. Wir beide vielleicht Erscheinungsformen ein und derselben göttlichen Idee? Einer von uns beiden mußte ins Dunkel. Es ward über ihn verhängt, obwohl früher meine Schale hinüberneigte.« Er verschloß das Geschriebene in der Reisetasche, verließ das Zimmer und begab sich ins Freie.

Hinter den angelaufenen Fenstern der Wirtsstube saß eine kleine Gesellschaft Einheimischer beim Bier, und er hörte ihr lautes Reden auf den Platz heraus. Er spazierte weiter und begegnete nur wenigen, meist bäuerisch gekleideten Menschen. In der Allee am Fluß auf einer Bank saß, der Kälte nicht achtend, in enger Umschlingung ein junges Paar. Und jetzt erst, mit fliegender Glut, kam ihm zum Bewußtsein, daß er die Geliebte erwartete. In einer Stunde wird sie dasein, sagte er sich, und es ist mir bis zu diesem Augenblick nicht recht zu Bewußtsein gekommen. Wie wird alles licht sein, wenn ich sie wiederhabe. Seit ich heute mittag von ihr Abschied nahm, ist doch alles wie ein Traum gewesen – mein ganzes Leben habe ich indes durchgeträumt, und darum scheint es mir auch so unendlich lange her, daß ich Paula verlassen habe, länger fast als seit dem Tag, an dem ich hier in dieser selben Allee mit Alberta spazierenging.

Er überschritt die Brücke, und bald darauf wandelte er

auf dem Perron längs der Gleise auf und ab. Weit hinaus ins Dunkel liefen die schwarzen schnurgraden Schienen ihre weiße Bahn. Der Stationschef ging vorbei und grüßte höflich. Irgendwoher kam ein Ton wie von singenden Drähten. Ganz nahe streckten die Felsen sich ins Blau der Nacht. Welch ein Friede hier, dachte Robert. Am Ende kann doch noch alles gut werden? Ob in einem solchen Frieden nicht auch Otto genesen könnte? Er muß wieder gesund werden! Er muß! Hätte ich selber denn noch eine ruhige Stunde, ja, vermöchte ich weiter zu atmen, wenn er nicht wieder gesund würde? Und er wußte, daß kein Mensch auf Erden lebte, der ihm teuerer war als Otto – fühlte wieder einmal, daß es kein Verhältnis von so innerster, naturgewollter Beständigkeit gab als das von Bruder zu Bruder, daß es tiefer mit den Wurzeln alles Seins verschlungen war als das zu Eltern, Kindern und Geliebten; und er war entschlossen, des Verhängnisses Herr zu werden, das diese geheimnisvollsten und zugleich stärksten aller Bande zwischen Mensch und Mensch zu zerreißen drohte.

Ein fernes Pfeifen ertönte, klang immer näher, die Geräusche des herankommenden Zuges verstärkten sich, schwarz, pfauchend fuhr er ein. Ein Herr in kurzem Jagdpelz stieg aus, dann zwei Bauern und eine alte Frau. Ein Träger kam gelaufen, nahm mit devotem Gruß dem Herrn im Jagdpelz das Gepäck ab; ein Pfiff, der Zug setzte sich wieder in Bewegung, fuhr ins Dunkle und verschwand.

Robert stand da, sah ihn verschwinden und verstand nicht recht. Nach einiger Zeit erst verließ er den Bahnhof, äußerlich ruhig und zu seiner eigenen Verwunderung auch innerlich nicht allzusehr enttäuscht. – Langsam ging er nach dem Gasthof zurück und sagte sich: Ich werde ein Telegramm vorfinden, oder es kommt eines im Laufe der nächsten Stunden. Entweder hat Paula den Zug versäumt, oder sie hat triftige Gründe, einen späteren zu nehmen.

Und wahrscheinlich wird sie erst morgen mittag kommen, nicht nachts um zwei Uhr. Dies war nämlich die Stunde, in der der nächste Zug eintreffen sollte.

Es war kein Telegramm da. Robert trat in das niedrige gewölbte Gastzimmer, an dessen Fenster noch immer, von Rauchdunst umgeben, jene einheimische, bäuerische Gesellschaft zusammensaß. An einem anderen Tisch, ganz allein, saß ein alter Herr, der seine Pfeife rauchte und mit trüben Augen, offenbar ohne zu lesen, in eine Zeitung starrte. Robert, ohne daß die anderen sich um ihn kümmerten, setzte sich in eine Ecke, bestellte ein Abendessen, das er sich vorzüglich schmecken ließ, und überlegte. Bald kam er zu der Überzeugung, daß seine früheren Vermutungen nichts anderes gewesen waren als Selbstbetrug. Wäre Paula ernstlich gewillt gewesen, ihm zu folgen, nichts hätte sie hindern können, zur rechten Zeit dazusein. Aber sie hatte nicht gewollt, sie war nicht gekommen, sie hatte ihn im Stich gelassen. Und er wußte auch, warum. Seine lächerliche Erzählung von dem eifersüchtigen Amerikaner, sein ganzes Benehmen heute beim Abschied war ihr sonderbar und verdächtig erschienen. Mit der den Frauen eigenen Verstellungskunst hatte sie ihn nichts davon merken lassen, und ihres gegebenen Wortes nicht achtend, in ihrer Erregung hatte sie getan, was sie zuallerletzt hätte tun dürfen, sie war zu Otto geeilt und hatte ihm alles verraten. Ja, so war es. Er konnte nicht daran zweifeln. Paula hatte ihn verraten – und ausgeliefert. Was wird die Folge sein? fragte er sich weiter. Otto hat neue Scheingründe, an meine Verrücktheit zu glauben, sein eigener Wahn findet neue Nahrung, und es kostet ihn nicht die geringste Mühe, Paula und jeden beliebigen anderen Menschen von der Berechtigung seines Verdachtes zu überzeugen. Welche Torheit, daß ich Paula aus den Augen gelassen, daß ich sie nicht gleich mit mir genommen habe. Nun steht alles schlimmer als vorher.

– Otto weiß, wo ich bin. Er wird mir nachfahren; grade durch meine Flucht hab' ich ihn auf meine Spur gelockt. Er hält die Stunde für gekommen, in der er verpflichtet ist, sein Wort einzulösen, ich schwebe in der furchtbarsten Gefahr, und das Spiel ist für mich verloren!

Während er all dies erwog, aß und trank er anscheinend in größter Seelenruhe weiter und merkte mit leisem Staunen, daß all seine Gedanken kühl und kaum von Angst betont durch seine Seele zogen. Irgend etwas freilich mußte geschehen. Doch mehr aus natürlichen Verstandesfolgerungen, als aus einem Gefühl von Furcht ergab es sich für ihn, daß er keineswegs hierbleiben, daß er in jedem Falle weiterfliehen müßte. Die Frage war nur – wohin? Wären ihm die Verfolger nicht morgen schon auf der Spur, so würden sie es in wenigen Tagen sein; und selbst wenn es ihm gelänge, das Land, ja den Kontinent zu verlassen und die Neue Welt zu erreichen – vor der fixen Idee eines Wahnsinnigen war er doch nirgends in Sicherheit, und am Ende konnte ihn dieses Bewußtsein dauernder Gefahr und ewigen Verfolgtseins in Wirklichkeit um den Verstand bringen, so daß er die anderen ins Recht gesetzt, seinem Bruder gewissermaßen in die Hände gearbeitet und – ein teuflischer Witz des Schicksals – dessen Wahnidee bestätigt hätte.

Er verließ das Gasthofzimmer und spazierte draußen auf dem menschenleeren beschneiten Marktplatz hin und her, sehr gemächlich, eine Zigarre im Munde, so daß er jedem, der ihn so gesehen, als ein sorgloser Wintertourist hätte erscheinen müssen. Plötzlich fielen ihm die Aufzeichnungen wieder ein, die er am Abend niedergeschrieben hatte. Könnt' ich's nicht wagen, mit ihrer Hilfe den Kampf aufzunehmen? fragte er sich. Wer diese Aufzeichnungen liest, kann mich nicht mehr für wahnsinnig halten. Aber ich werde das Ganze noch einmal schreiben, ausführlicher und verständlicher. Morgen mit dem ersten Zug fahre ich weiter, gehe dann an einer Zweigstation auf eine andere Strecke über, irgendwohin, wo mich niemand vermutet, und dort setze ich meine Anklage- oder meine Verteidigungsschrift sorgfältig auf. Anklage oder Verteidigung? Ja, was ist es eigentlich? Und er grübelte nach. Wie ein blasses Gespenst schwebte ihm die Gestalt jener armen Klavierlehrerin durch den Sinn, mit der er seine letzte trübselige Liebesnacht verbracht hatte, und wieder regte sich der seltsame Zweifel in ihm, ob in jener Begegnung sich nicht das Leben zum letztenmal mit einer Frage an ihn gerichtet, die er gedankenlos, ja grausam beantwortet hatte. Er erlebte es noch einmal in der Erinnerung, wie das einsame Geschöpf aus dem davonfahrenden Wagen sich nach ihm umgewandt, ihm traurigernst zugenickt und wie er selbst ihr ungerührt und herzenskalt nachgeblickt hatte. Doch sah er sich völlig anders, als er in jenem Augenblick und überhaupt jemals ausgesehen haben konnte. Übergroß und hager stand er da in einem fliegenden dunklen Mantel und warf einen schwarzen Schatten weit vor sich hin. Diesen Schatten aber nahm er jetzt tatsächlich wahr, da er grade an der Laterne vorüberging, deren Licht gelblichtrüb über dem Eingang des Gasthofs schimmerte.

Er trat ins Haustor und fragte für alle Fälle nochmals, ob nicht eine Depesche für ihn gekommen sei. Der Wirt klärte ihn auf, daß es in diesem kleinen Orte von sieben Uhr abends bis sieben Uhr früh keinen Telegraphendienst gäbe. Nun kam Robert auf seine erste Vermutung zurück, daß Paula den Zug versäumt haben könne; und so durfte er noch immer mit der Möglichkeit ihres Eintreffens um zwei Uhr nachts rechnen.

Er suchte sein Zimmer auf und legte sich unausgekleidet aufs Bett. Eine Stunde wollte er ruhen, denn Mitternacht war vorüber, und sich dann wieder an den Bahnhof begeben. Er löschte das Licht nicht aus und starrte von seinem

Bett aus durch das gegenüberliegende Fenster in die Nacht. Er sah nur den Himmel und eine einsame Felsenspitze, über der ein Stern schimmerte. Vom Kirchturm schlug es halb eins, und die Klänge tönten lange fort, als wollte die Nacht sie nicht wieder herausgeben; sie wurden lauter, voller und endlich dröhnend wie Orgelklang. In einer riesigen, völlig leeren Kirche wandelte Robert mit Doktor Leinbach umher, und an der Orgel, ungesehen, aber Robert doch bewußt, saß der Pianist aus dem Nachtlokal, während Höhnburg die Register trat und dabei wie ein Hanswurst den Kopf weit über die Brüstung des Chors streckte und immer wieder zurückzog. Leinbach aber erklärte, daß der Mann dort oben nicht etwa eine Fuge von Bach spiele, sondern daß er Lebensgeschichten in Musik setze, wie das bekanntlich alle begabten Pianisten tun. Gleich darauf wanderte Robert zwischen Bahngleisen hin, einer offenen Landschaft zu, mit einer roten Fahne in der Hand, die er ununterbrochen schwenkte und endlich auf einen Erdhügel pflanzte, unter dem Alberta begraben lag. Dann schritt er auf einem schmalen Gebirgskamm hin, Abgründe zu beiden Seiten, mitten durch eine wundervolle, blaue Winternacht. Endlich saß er, erfrischt, mit kühlen Wangen und sich der Arbeit entgegenfreuend, in seinem Büro, als plötzlich sehr heftig an die Tür geklopft wurde. Er wußte sofort, daß dies nur Albertens Gatte sein konnte, der gekommen war, Rechenschaft von ihm zu fordern. Doch er war fest entschlossen, nicht zu öffnen. Vielmehr verließ er den Raum durch die gegenüberliegende Tür und stürmte weiter durch eine ganze Reihe von Zimmern; in jedem standen Tische, an jedem saßen Schreiber, deren Federn mit ungeheurer Eile über das Papier fuhren, mit der freien Hand aber warfen sie die Bogen in offene Reisetaschen, die sich immer selbsttätig auf- und zuschlossen, schnappend wie Krokodilmäuler. Dabei dauerte das Klopfen immer fort und schien sogar stärker und dringender zu werden. Unwillkürlich griff Robert nach dem Revolver, den er nach alter Reisegewohnheit auf das Nachttischchen gelegt hatte, erhob sich rasch, steckte die Waffe in seine Rocktasche, wußte, daß er erwacht war, und dachte: Ein Telegramm. Und er fragte: »Wer ist da?«

»Ich bin's, Robert«, erwiderte eine Stimme.

Das Blut erstarrte ihm. Es war Ottos Stimme. Schon also war er ihm nachgereist, schon war er da, um sein fürchterliches Werk zu vollbringen. Ein Glück, daß die Tür versperrt war.

»Darf man hinein?« fragte Otto. Doch ehe Robert noch zu antworten vermochte, öffnete sich die Tür, die Robert zuzusperren vergessen hatte.

»Was willst du?« fragte Robert mit aufgerissenen Augen, und dabei war er sich wie einer Qual des Umstands bewußt, daß beide Lidspalten gleich weit offen standen.

Otto stand ihm in der Tür gegenüber im Pelz und mit einem dicken Schal um den Hals. Hastig sprach er. »Man hat mir unten gesagt, daß du um zwei Uhr auf die Bahn wolltest, aber du hast verschlafen. Übrigens wäre ich nicht heraufgekommen, wenn ich nicht Licht in deinem Zimmer gesehen hätte.«

»Wo ist Paula?« fragte Robert heiser.

»Paula kommt morgen. Vorläufig mußt du dich mit ihren Grüßen begnügen.« Er hatte immerfort ein starres Lächeln um die Lippen.

»Was willst du hier? Warum kommst du?« Er setzte sich im Bett auf, fühlte das Glühen und Drohen seiner eigenen Blicke.

»Warum ich komme? Nun –«, und ein unterdrücktes Aufschluchzen war in Ottos Stimme – »nun zum Teufel, ich komme, weil es mir so beliebt! Was ist dir denn nur eingefallen, Robert? Was hast du dir denn wieder in den Kopf gesetzt?«

»Warum bist du da? Was willst du von mir? Nimm – nimm deine Hände aus dem Pelz!«

Otto sah ihm starr ins Gesicht. Zuerst schien er nicht recht zu verstehen. Dann aber, mit übertriebener Gebärde, riß er beide Hände aus den Taschen seines Pelzes, schüttelte den Kopf und verzog den Mund, als wenn er lachen wollte, dann biß er sich in die Lippen und sagte: »Du – du träumst offenbar noch. Komm doch zu dir. Ich bin's, Robert – dein Bruder, dein Freund. Was bildest du dir denn ein? Dein Bruder – Robert. So glaube doch, so wisse doch endlich, es ist doch nicht im Ernst möglich, daß du – denkst –«

Und die Worte versagten ihm. In seinen Augen war Angst, Mitleid und Liebe ohne Maß. Doch dem Bruder bedeutete der feuchte Glanz dieses Blickes Tücke, Drohung und Tod. Otto wieder, von dem Ausdruck des Grauens in des Bruders Antlitz im tiefsten erschüttert, beherrschte sich nicht länger, trat ganz nah an ihn heran, um ihn zu umarmen und ihn durch die rückhaltlose innigste Gebärde seiner brüderlichen Zärtlichkeit zu versichern. Robert aber, des Bruders kühle Hände an seinem Halse fühlend, zweifelte nun nicht mehr, daß der gefürchtete, daß der Augenblick der höchsten, der entsetzlichsten Gefahr gekommen sei, gegen die in jeder Weise sich zu wehren durch menschliche und göttliche Gesetze erlaubt, ja geboten war. In der Rocktasche spannte er vorsichtig den Hahn seiner Waffe, und während der Bruder ihm am Halse hing, setzte er ihre Mündung an Ottos Brust, der jetzt erst merkte, was sich vorbereitete. Aber im Augenblick, da er erkannte, was im Werk war, nach dem Lauf der Waffe greifen, zurückweichen und rufen wollte, war ihm die Kugel mitten ins Herz gedrungen, und er sank lautlos auf den Boden hin.

Robert aber, noch nicht zum Bewußtsein seiner Tat gelangt, nur erst in der Ahnung des Grauenhaften, Unwiderruflichen, das geschehen war, und in einer dumpfen Angst, noch hier an Ort und Stelle zu erfassen, was er getan, stürzte an der Leiche des Bruders vorbei durch den dunklen Gang, die Treppe hinab, über den Flur, durch das seit Ottos Ankunft noch nicht wieder geschlossene Haustor, lief über den menschenleeren Marktplatz, durch die lange Dorfstraße in die freie Landschaft hinaus, stapfte durch den hohen Schnee, warf den Mantel ab, der ihn im Laufen hinderte, stürmte immer fort, immer weiter, nichts in sich als den festen Willen, niemals zur Besinnung zu kommen – durch eine klingende blaue Nacht, die niemals für ihn enden durfte. Und er wußte, daß er diesen gleichen Weg schon tausende Male dahingerast und daß es ihm bestimmt war, ihn noch tausende Male bis in alle Ewigkeit durch klingende blaue Nächte hinzufliehen.

Nicht weniger als sieben volle Wegstunden von dem Ort entfernt, aus dem er geflohen war, an einem steinigen Abhang, der zu der fast vereisten Ache hinabführte, den Kopf nach abwärts gewandt, mit zerschundenen Händen, getrocknetes Blut an Scheitel und Stirn, entdeckte man drei Tage später seinen entseelten Leib.

Die Aufzeichnungen, die man in seiner Reisetasche fand, wurden dem Gericht übergeben und auszugsweise veröffentlicht. Der Fall in all seiner Düsterkeit lag so klar wie möglich: Verfolgungswahn, wer konnte daran zweifeln? Doktor Leinbach aber hatte seine eigenen Gedanken darüber, und er zögerte nicht, sie seinem mit Sorgfalt geführten Tagebuch anzuvertrauen. »Mein armer Freund«, schrieb er, »hat an der fixen Idee gelitten, so heißt es ja wohl, daß er durch seinen Bruder sterben müsse; und der Gang der Ereignisse hat ihm am Ende recht gegeben. Wie es allmählich dahin kommen sollte, hatte er freilich nicht vorauszusehen vermocht. Aber die Ahnung war in ihm gewesen, das läßt sich nicht abstreiten. Und was sind Ahnungen? Doch nur Gedankenfolgen innerhalb des Unbewußten. Die Logik im Metaphysischen, könnte man vielleicht sagen. Wir aber reden von Zwangsvorstellungen! Ob wir dazu berechtigt sind, ob dieses Wort – wie so manche andere – nicht eigentlich eine Ausflucht bedeutet – eine Flucht ins System aus der friedlosen Vielfältigkeit der Einzelfälle –, das ist eine andere Frage. Und ein Fall, wie der meines armen Freundes – – –«

Anmerkungen

Der Text der vorliegenden Ausgabe folgt der ersten Buchausgabe: Arthur Schnitzler: Flucht in die Finsternis. Novelle. Berlin: S. Fischer Verlag, 1931.

Orthographie und Interpunktion der Druckvorlage blieben gewahrt.

Folgende Druckversehen wurden verbessert:

59,13 tödliche] tötliche
66,20 Sie] sie
69,28 darum.«] darum«
70,9 Chicago] Chikago
79,18 Laufbahn] Laufbahn,
108,16 Zeit] Zelt

5,2 *Sektionsrat:* Mitarbeiter in der Sektion einer Behörde. Sektionen bilden die obersten, jeweils in einzelne Abteilungen gegliederten Organisationseinheiten, insbesondere in den österreichischen Bundesministerien oder im Bundeskanzleramt.

5,16f. *außerordentlichen Professor:* Inhaber eines außerordentlichen öffentlichen Lehrstuhls an einer Hochschule.

7,31 *dachte:* gedachte.

8,29f. *Akkorde:* Der Akkord ist in der Musik ein Zusammenklang von mindestens drei Tönen unterschiedlicher Tonhöhe.

9,20 *Karstland:* Karst: durch Wasser ausgelaugte, meist unbewachsene Gebirgslandschaft aus Kalkstein oder Gips.

10,13 *irgendeinmal:* irgendwann einmal.

11,2 *hehrem:* (gehobener Ausdruck) erhabenem, heiligem.

11,8 *dünkte ihn:* schien ihm.

11,26 *mählich:* (gehobener Ausdruck) allmählich.

12,25 *grünpatinierte:* Patina: grünliche Schicht, die sich unter dem Einfluss der Witterung auf Kupfer oder Kupferlegierungen bildet.

14,10f. *Plüschportieren:* schwere Türvorhänge aus einem Florgewebe.

14,11 *des Alkovens:* der Bettnische, des Nebenraums.

14,12 *Kretonnevorhang:* Cretonne (frz.), auch Kretonne (österr.): Vorhang aus einem Baumwollgewebe.

14,23 *Freudenau / Pratergarten:* Prater (von lat. *pratum* ›Wiese‹) weitläufiges Augebiet an der Donau im Nordosten Wiens. Nachdem der zunächst nur als kaiserliches Jagdgebiet genutzte Naturpark im Jahre 1766 von Kaiser Josef II. für die Bevölkerung als Naherholungsgebiet zugänglich gemacht worden war, entstand in einem Teil des Praters ein großer Vergnügungspark. Wahrzeichen des Praters ist das 67 m hohe Riesenrad. Die Freudenau ist ein Galopprennplatz im Prater.

15,22 *Hypochonder:* eingebildeter Kranker.

19,12 *Couplet:* scherzhaft-satirisches Strophengedicht mit Kehrreim, meist mit einem aktuellen politischen oder pikanten Inhalt.

20,19 *Ordinationsstunde:* ärztliche Sprechstunde.

22,13 *absolvieren:* bedeutet gemäß der katholischen Religion: jemanden von seinen Sünden freisprechen (ihm die Absolution erteilen).

23,4 f. *Tristan-Aufführung: Tristan und Isolde* ist eine Oper von Richard Wagner (1813–1883), die 1865 in München uraufgeführt wurde.

23,31 f./24,3 *zehn Gulden / Zehnkronenstück:* Als die Währung in Österreich 1892 im Verhältnis 1 : 2 von Gulden auf Kronen umgestellt wurde, waren 10 Gulden 20 Kronen wert. Robert gibt also nur halb so viel Trinkgeld wie sein Freund Höhnburg, aber immer noch sehr viel mehr als üblich. Im Jahre 1924 wurde die Krone durch den Schilling ersetzt.

24,1 f. *des Pianinos:* des kleinen Klaviers.

25,17/26 *Stiegenteppichs / Stiegenhaus:* Stiege: (süddt./österr.) Treppe.

26,16 *Überrock:* (veraltet) Gehrock, Überzieher.

27,12 *Ordination:* ärztliche Sprechstunde.

27,23 *Havannaphantasien:* Havanna: nach der kubanischen Stadt Havanna benannte Tabaksorte, aus der Zigarren hergestellt werden.

27,29 *Diwanecke:* Diwan (veraltend): niedrige gepolsterte Liege ohne Rückenlehne.

30,25 *auf der Wieden:* Wieden: der vierte Bezirk Wiens, gehört zu den sogenannten Vorstädten, die sich kranzartig um die Innenstadt legen, seit 1850 eingemeindet.

30,30 *Semmering:* Pass in den Ostalpen, auf der Grenze zwischen Niederösterreich und der Steiermark gelegen. Auf der niederösterreichischen Seite liegt Semmering-Kurort (1000 m ü. M.), Sommerfrische und Wintersportort.

31,32 *Aktenfaszikeln:* Aktenbündeln.

32,12 *Ringstraße:* Wiener Prachtstraße, etwa vier Kilometer lang, die in mehreren Abschnitten die Innere Stadt (1. Bezirk) umgibt. Mit den im Stil des Historismus errichteten Gebäuden (z. B. Hofoper, Burgtheater, Rathaus, Parlament, Universität, Börse, Kunst- und Naturhistorisches Museum) war die Ringstraße für eine ganze Epoche repräsentativ.

33,22 *Magistratsbeamter:* Beamter in der Stadtverwaltung.

33,33 *Einspänner:* Wagen für nur ein Pferd.

34,2f. *Bahnviadukt:* Viadukt: über ein Tal oder eine Schlucht führende Brücke, deren Tragwerk meist aus mehreren Bögen besteht.

34,26 *Staffage:* Beiwerk, Nebensächliches. In der Malerei: Menschen und Tiere als Belebung eines Landschafts- oder Architekturgemäldes.

34,28 *Osteria:* volkstümliche Gaststätte in Italien.

34,28f. *römischen Campagna:* Campagna Romana: hügelige, aus Vulkangestein bestehende Umgebung Roms zwischen dem Tyrrhenischen Meer und dem Apennin, durchzogen von Tiber und Aniene.

34,30 *Aquädukt:* altrömisches brückenartiges Bauwerk aus Stein mit einer Rinne, in der das Wasser für die Versorgung der Bevölkerung weitergeleitet wurde.

37,6 *Rax:* Gebirgsstock im östlichen Teil der Nördlichen Kalkalpen zwischen oberem Mürz- und Schwarzatal, in der Heukuppe 2007 m hoch.

37,17 *Sektionschef:* (bes. österr.) Abteilungsleiter in einer Behörde bzw. in einem Ministerium.

42,1 *Kampalm:* Kamp: linker Nebenfluss der Donau im Waldviertel (Niederösterreich) mit windungsreichem Lauf.

42,17 *Millionenkridar:* Kridar oder Kridatar (österr.): Konkursschuldner.

43,7 *Viadukte:* vgl. Anm. zu 34,2f.

44,11 *Antipathie:* Abneigung.

44,14 *heroben:* (österr.) hier oben.

45,26f. *Organtin:* (österr.) für Organdy: fast durchsichtiges, wie Glasbatist ausgerüstetes Baumwollgewebe in zarten Pastellfarben.

45,27 *Lüster:* Kronleuchter.

47,15 *Loge:* kleiner abgeteilter Raum mit Sitzplätzen im Theater. Hier: Pförtnerraum.

48,16 *Blaubart:* Titelfigur eines Märchens von Charles Perrault

(1697). Der Ritter Blaubart (frz. Barbe-bleue) ermordete seine Frauen.

51,10 *den kleinen Plötz:* Der Gymnasiallehrer Karl Ploetz schrieb den *Auszug aus der alten, mittleren und neueren Geschichte* (1863). Unter dem Namen »Ploetz« erscheinen seither viele historische Nachschlagewerke.

53,4 *Hypochonder:* vgl. Anm. zu 15,22.

53,20 *Depots:* aufbewahrte Wertsachen oder Wertpapiere.

53,21 *Mündelgelder:* das vom Vormund verwaltete Kapitalvermögen von Minderjährigen, die unter Vormundschaft stehen.

55,18 *Agenden:* (bes. österr.) zu erledigende Aufgaben, Obliegenheiten.

55,34–56,1 *Freimaurerzeichen:* Erkennungszeichen der Freimaurer, einer international verbreiteten weltbürgerlichen Bewegung mit humanitären Idealen. Der Name ist von den freien (im Gegensatz zu den zunftgebundenen) Steinmetzen der mittelalterlichen Dombauhütten übernommen. Freimaurer schließen sich zu Logen zusammen. Als Erkennungszeichen dienen den Freimaurern Symbole wie Winkelmaß, Hammer, Kelle, Schurz sowie bestimmte Redewendungen.

56,18f. *ordinierte:* ärztliche Sprechstunde hielt.

56,28 *Ordination:* ärztliche Sprechstunde, (österr.) ärztliches Untersuchungszimmer.

57,19 *fanierten:* verwelkten (Eindeutschung des frz. Verbs *se faner* ›verwelken‹).

63,10f. *Lüster / Organtinstoff:* vgl. Anm. zu 45,27 und 45,26f.

63,12 *Sedanschlacht:* Schlacht bei der Stadt Sedan an der Maas. Hier wurde im Deutsch-Französischen Krieg von 1870/71 eine französische Armee eingeschlossen und zur Kapitulation gezwungen. Kaiser Napoleon III. geriet in Gefangenschaft.

65,9 *Modulationen:* Übergänge von einer Tonart in die andere.

68,30 *Dornbacher Park:* Bezeichnung für den Schwarzenberg-Park, einen Naturpark mit Plastiken, der heute teilweise in Wald übergegangen ist.

70,6 *Schickungen:* (gehobener Ausdruck) Fügung, Schicksal.

71,13 *Pelzboa:* Boa: schlangenförmiger Halsschmuck für Frauen aus Pelz oder Federn.

82,11 *Kiebitzes:* Kiebitz: eine Vogelart; umgangssprachlich auch: Zuschauer bei einem Kartenspiel.

88,7 *lichtere:* hellere.

89,1 *Spalato:* italienische Bezeichnung für die Hafenstadt Split im heutigen Kroatien, Zentrum Dalmatiens. Den Stadtkern bilden die Überreste des Diokletianpalastes.

89,2 *Diokletian:* Gaius Aurelius Valerius Diocletianus, römischer Kaiser (284–305), geboren um 240 in Dalmatien, gestorben 313 in Salona bei Split.

Ragusa: italienische Bezeichnung für die Hafenstadt Dubrovnik im heutigen Kroatien.

91,20 *Schule zu stürzen:* Schule zu schwänzen.

95,11 *bricht er den Stab über mich:* Beim mittelalterlichen und frühneuzeitlichen peinlichen (d. h. mit Folter verbundenen) Gerichtsverfahren wurde dem zum Tode Verurteilten unmittelbar vor seiner Hinrichtung ein Stab über dem Kopf zerbrochen und vor die Füße geworfen.

102,14 *ausfolgen:* auszahlen.

104,6 *Ache*: Bezeichnung für einen kleinen Fluss.

105,14 *Kattunvorhänge:* Kattun: einfarbiges oder buntes Baumwollgewebe.

107,1 *Perron:* (veraltet) Bahnsteig, Plattform.

107,4 *singenden Drähten:* Drähte auf Telegrafenmasten, in denen der vorbeistreichende Wind Töne erzeugt.

107,22 *pfauchend:* (österr.) fauchend.

107,24 *devotem:* untertänigem.

110,1 *Zweigstation:* Bahnhof, an dem eine andere (Neben-)Strecke abzweigt.

111,10 *Hanswurst:* Tölpel (der Hanswurst war ursprünglich eine derb-komische Gestalt des deutschen Possentheaters seit dem 16. Jahrhundert).

111,11 *Chors:* Chor: Platz der Sänger auf der Orgelempore.

111,13: *Fuge von Bach:* Johann Sebastian Bach (1685–1750) ist besonders für seine Fugen (streng imitatorisch gesetzte Stücke über ein nacheinander in verschiedenen Stimmen einsetzendes Thema) auch für die Orgel berühmt.

Literaturhinweise

Allerdissen, Rolf: Arthur Schnitzler: Impressionistisches Rollenspiel und skeptischer Moralismus in seinen Erzählungen. Bonn 1985. S. 128–152.

Heinze, Diethard: Wahrheit und Wahnsinn. Zu Arthur Schnitzlers Novelle *Flucht in die Finsternis*. In: Germanistisches Jahrbuch Ostrava – Erfurt 5 (1999) S. 53–66.

Lindken, Hans-Ulrich: Zur Ätiologie und Semiotik des ›Wahns‹ in Schnitzlers *Flucht in die Finsternis*. In: Text & Kontext 10 (1982) H. 2. S. 344–354.

Rey, William H.: Arthur Schnitzler. Die späte Prosa als Gipfel seines Schaffens. Berlin 1968. S. 155–189.

Schmidt, Harald: Grenzfall und Grenzverlust. Die poetische Konstruktion des Wahns in Arthur Schnitzlers *Flucht in die Finsternis* (1917/31). In: Literatur als Geschichte des Ich. Hrsg. von Eduard Beutner und Ulrike Tanzer. Würzburg 2000. S. 185–204.

Segar, Kenneth: The Death of Reason. Narrative Strategy and Resonance in Schnitzler's *Flucht in die Finsternis*. In: Oxford German Studies 17 (1988) S. 97–117.

Seidel, Heide: Wahn als Selbstbehauptung –? Die Identitätsproblematik in *Flucht in die Finsternis*. In: Hartmut Scheible (Hrsg.): Arthur Schnitzler in neuer Sicht. München 1981. S. 216–240.

Tarnowski-Seidel, Heide: Arthur Schnitzler: *Flucht in die Finsternis*. Eine produktionsästhetische Untersuchung. München [2]1991.

Thomé, Horst: Autonomes Ich und ›Inneres Ausland‹. Studien über Realismus, Tiefenpsychologie und Psychiatrie in deutschen Erzähltexten (1848–1914). Tübingen 1993. S. 694–722.

Nachwort

Schnitzlers »Wahnsinnsnovelle«[1], die 1913 entstand, aber erst in seinem Todesjahr 1931 erschien, gilt in der Forschung als eines seiner »aufregendsten« Werke.[2] Obwohl sie »sehr enthusiastisch« rezensiert wurde[3], ist sie bislang eher selten untersucht worden. Auf kunstvolle Weise verbindet der Text medizinische Symptomatik mit sozialpsychologischen Aspekten und ethischen Tiefendimensionen. Zugleich steht er vor dem kulturhistorischen Horizont der Epoche, in der die literarische Darstellung von Krisenerfahrungen und Krankheitsphänomenen Konjunktur hatte. Sigmund Freud schrieb 1922 in einem Brief zu Schnitzlers 60. Geburtstag, der Jubilar zeichne sich durch sein beson-

1 Diese Bezeichnung verwendet der Autor selbst: vgl. Arthur Schnitzler, *Tagebuch 1913–1916*, Wien 1983, S. 88 (Notiz vom 31. Dezember 1913). Zu der Novelle hatte Arthur Schnitzler ein ambivalentes Verhältnis; er schwankte zwischen empathischer Identifikation mit der kranken Hauptfigur und selbstkritischen Überlegungen in Bezug auf die literarische Darstellungsweise. Entsprechend kompliziert gestaltete sich der Schaffensprozess: Unter Rückgriff auf ältere Vorstudien verfasste Schnitzler die Novelle *Flucht in die Finsternis* bereits im Jahre 1913, schloss sie allerdings erst 1917 nach mehreren Überarbeitungsphasen ab. Aber noch viele weitere Jahre vergingen, bis die Erzählung dann endlich publiziert wurde: Zuerst erschien sie im Mai 1931 in der Berliner *Vossischen Zeitung*, danach im *Neuen Wiener Tagblatt* und schließlich noch im selben Jahr auch als Buchausgabe. Zu den Phasen des Schreibprozesses vgl. Reinhard Urbach, *Schnitzler-Kommentar zu den erzählenden Schriften und dramatischen Werken*, München 1974, S. 136, sowie Heide Tarnowski-Seidel, *Arthur Schnitzler: »Flucht in die Finsternis«. Eine produktionsästhetische Untersuchung*, München [2]1991, S. 81–93. Auf die autobiographischen Bezüge der Novelle weist Schnitzler selbst am 4. April 1915 in seinem Tagebuch hin: »ich identifizire [sic] mich mit dem Helden, – den Bruder mit Julius – den mit meinem Vater« (*Tagebuch 1913–1916*, S. 186).

2 Walter Müller-Seidel, *Arztbilder im Wandel. Zum literarischen Werk Arthur Schnitzlers*, München 1997, S. 73.

3 So Schnitzler am 19. Oktober 1931, zwei Tage vor seinem Tod (*Tagebuch 1931*, Wien 2000, S. 82).

deres Sensorium für die »Wahrheiten des Unbewußten« und für die »Zersetzung der kulturell-konventionellen Sicherheiten« als »psychologischer Tiefenforscher« aus.[4] Oft wählt Schnitzler in seinen Werken Erscheinungsformen physischer oder psychischer Krankheit und deren Konsequenzen für das Sozialverhalten der betroffenen Figuren als Thema. Während er in seinem Frühwerk *Sterben* sowie in seinen Erzählungen *Der Mörder*, *Ein Abschied* und *Der letzte Brief eines Literaten* die psychosozialen Folgen körperlicher Krankheit vor dem Hintergrund der Décadence-Atmosphäre des Fin de siècle beleuchtet, stellen seine Novellen *Die Fremde* und *Flucht in die Finsternis* die existentiellen Abgründe seelischer Leiden ins Zentrum.

Schnitzlers Vorliebe für die Krankheitsthematik ist nicht allein durch sein Medizinstudium, seine Tätigkeit als Arzt und persönliche Erfahrungen bedingt, sondern auch durch gesellschaftliche Entwicklungen, die das Menschenbild veränderten. »Gesund und Krank. Wo sind denn eigentlich die Grenzen?«, fragt sich Schnitzler. »In Wahrheit hat sie ja doch noch niemand gefunden, und man hat oft genug schon eigentümliche Verwandtschaft entdeckt, wo man starren Gegensatz vermutet.«[5] Von dieser Prämisse ausgehend, entwirft er literarische Versuchsanordnungen mit Figuren, die in krisenhafte Ausnahmesituationen geraten.

4 Sigmund Freud, »Briefe an Arthur Schnitzler«, in: *Die Neue Rundschau* 66 (1955) S. 95–106, darin S. 96 f. Zum Verhältnis zwischen Schnitzler und Freud vgl. Michael Worbs, *Nervenkunst. Literatur und Psychoanalyse im Wien der Jahrhundertwende*, Frankfurt a. M. 1988, S. 179–258.

5 So formuliert es Schnitzler 1891 in einer Rezension über Cesare Lombrosos Buch *Der geniale Mensch* (Arthur Schnitzler, *Medizinische Schriften*, hrsg. von Horst Thomé, Frankfurt a. M. 1991, S. 233–239, darin S. 234). Auch Musil betrachtet »die Grenze zwischen seelischer Gesundheit und Krankheit, Moral und Unmoral« als fließend (Robert Musil, »Das Unanständige und Kranke in der Kunst«, In: R. M., *Gesammelte Werke*, hrsg. von Adolf Frisé, Bd. 2, Reinbek 1978, S. 977–983, darin S. 981); diese Einsicht bestimmt auch sein Hauptwerk (vgl. Barbara Neymeyr, *Psychologie als Kulturdiagnose. Musils Epochenroman »Der Mann ohne Eigenschaften«*, Heidelberg 2005).

Schon Sigmund Freud betont die Bedeutung von Träumen, unbewussten Impulsen und irrationalen Triebkräften; in seinen *Vorlesungen zur Einführung in die Psychoanalyse* formuliert er die Erkenntnis, dass das Ich »nicht einmal Herr ist im eigenen Hause«.[6] Die etablierten Subjekttheorien, die einen stabilen Persönlichkeitskern voraussetzen, entlarvt er in seinen Schriften als illusionär. Zwar weist Schnitzler mehrfach auf gewisse Einseitigkeiten der Psychoanalyse hin: »nach dem Dunkel der Seele gehen mehr Wege [...], als die Psychoanalytiker sich träumen (und traumdeuten) lassen«.[7] Aber noch entschiedener als von ihnen distanziert er sich von traditionellen anthropologischen Vorstellungen: In seinen *Aphorismen und Betrachtungen* vertritt er die Auffassung:

> »Die Seele mancher Menschen scheint aus einzelnen gewissermaßen flottierenden Elementen zu bestehen, die sich niemals um ein Zentrum zu gruppieren, also auch keine Einheit zu bilden imstande sind. So lebt der kernlose Mensch in einer ungeheuren und ihm doch niemals völlig zu Bewußtsein kommenden Einsamkeit dahin. Die große Mehrheit der Menschen ist in diesem Sinne kernlos«.[8]

Dieser Auffassung gemäß gestaltet Schnitzler zahlreiche Figuren – auch den innerlich einsamen Protagonisten seiner Novelle *Flucht in die Finsternis*. Indem er von »flottierenden Elementen« der Psyche und von ›kernlosen‹ Persönlichkeiten ausging, griff er auf Konzepte der Experimentalpsychologie zurück, die von Fechner über Wundt bis zu Mach reichen. Der Naturwissenschaftler Ernst Mach

6 Sigmund Freud, *Studienausgabe*, hrsg. von Alexander Mitscherlich [u. a.], Frankfurt a. M. 1982, Bd. 1, S. 33–445, darin S. 284.

7 Schnitzler 1913 in einem Brief an Theodor Reik (*Briefe 1913–1931*, hrsg. von Peter Michael Braunwarth [u. a.], Frankfurt a. M. 1984, S. 36).

8 Arthur Schnitzler, *Aphorismen und Betrachtungen*, hrsg. von Robert O. Weiss, Frankfurt a. M. 1967, S. 53 f.

(1838–1916) zog 1886 in seinem Werk *Die Analyse der Empfindungen und das Verhältnis des Physischen zum Psychischen*, das auch Schnitzler las,[9] erkenntnistheoretische Konsequenzen aus der modernen Krisensituation und der Tendenz zur Identitätsauflösung. Er verstand das Ich nicht als »unveränderliche, bestimmte, scharf begrenzte Einheit«, sondern lediglich als einen diffusen »Komplex von Erinnerungen, Stimmungen, Gefühlen«; Machs bekanntes Fazit lautet: »Das Ich ist unrettbar.«[10] Mit Bezug auf Mach betrachtet der Literaturkritiker Hermann Bahr (1863–1934) die Vorstellung von einem klar strukturierten Bewusstsein ebenfalls als bloße Illusion; seines Erachtens tritt die Vielfalt sinnlicher Sensationen an die Stelle eines konsistenten Ich und einer stabilen Wirklichkeit.[11]

Auch zeitgenössische Schriftsteller setzten sich intensiv mit der Identitätsproblematik, mit Abweichungen von der Norm und mit Symptomen psychischer Krankheit als individuellem Ausdruck gesellschaftlicher Krisen auseinander. Die Rahmenbedingungen literarischer Gestaltung reflektierte Schnitzler während der Arbeit an seiner Novelle *Flucht in die Finsternis*: »Das rein pathologische [sic] ist nun einmal für die Kunst verloren«, notierte er am 28. November 1913 in seinem Tagebuch, »so rett ich mich, resp.

9 Arthur Schnitzler, *Tagebuch 1903–1908*, Wien 1991, S. 89–92 (Notizen vom 28. September – 5. Oktober 1904).

10 Ernst Mach, *Die Analyse der Empfindungen und das Verhältnis des Physischen zum Psychischen*, mit einem Vorw. zum Neudruck von Gereon Wolters, Nachdr. der 9. Aufl. Jena 1922 [1. Aufl. Leipzig 1886], Darmstadt 1991, S. 19, 2, 20.

11 Vgl. Hermann Bahr, »Dialog vom Tragischen« [1904], in: H. B., *Zur Überwindung des Naturalismus. Theoretische Schriften 1887–1904*, ausgew., eingel. und erl. von Gotthart Wunberg, Stuttgart 1968, S. 181–198, darin S. 191. In seinem Essay *Die Überwindung des Naturalismus* schreibt Bahr 1891: »Die Sensationen allein sind Wahrheit [...]; das Ich ist immer schon Konstruktion, willkürliche Anordnung, Umdeutung und Zurichtung der Wahrheit« (ebd., S. 33–102, darin S. 84).

den Helden in einen Grenzzustand, einen Kampf, in dem er unterliegt.«[12] Genau diese Strategie wählt Schnitzler für seine »Wahnsinnsnovelle«, um ein Spannungsverhältnis von Freiheit als Selbstbestimmung und determinierenden Faktoren herzustellen. Erst am Ende des pathologischen Prozesses büßt der Kranke jeden Spielraum für eine autonome Lebensgestaltung ein und gerät vollends in die Aporie einer Seelenfinsternis. Die »rein pathologische[n]« Charaktere hingegen sind von Anfang an nicht zurechnungsfähig, so dass ihnen auch keine moralische Verantwortung für ihr Handeln zugeschrieben werden kann.

Schnitzler schafft spannungsreiche Experimentierfelder im Grenzbereich zwischen Autonomie und Heteronomie. Er stattet seine Figuren zwar mit psychischen Defiziten aus und schränkt das Spektrum ihrer Handlungsmöglichkeiten erheblich ein, aber nicht bis zum Verlust der Freiheit. Über eine klinisch präzise Abbildung psychopathologischer Prozesse geht Schnitzler weit hinaus. Die Novelle *Flucht in die Finsternis* bietet mehr als eine medizinische Diagnose von außen; sie konfrontiert den Leser unmittelbar mit der subjektiven Innenwelt des Protagonisten Robert, mit seinen Irritationen, Ängsten, Wünschen, Abwehrreflexen und Ambivalenzen. Durch personale Erzählstrategien bringt Schnitzler die Phasen der Paranoia, die Robert bis zum katastrophalen Ende der Erzählung durchläuft, intensiv zum Ausdruck. Da Schnitzler aus der Perspektive der kranken Hauptfigur auch Kommunikationsprobleme und deren Konsequenzen für die pathologische Entwicklung beleuchtet, rücken soziale Aspekte mit ins Blickfeld.

Durch ihre subtile psychologische Gestaltung entspricht Schnitzlers »Wahnsinnsnovelle« prominenten literaturtheoretischen Konzepten der Epoche. Hermann Bahr vertritt

12 *Tagebuch 1913–1916* (s. Anm. 1) S. 78.

die Auffassung, dass der »neue Inhalt der Psychologie auch eine neue Methode« verlangt, die der modernen Identitätsproblematik Rechnung trägt, indem sie den Ursprung der Gefühle »in den Finsternissen der Seele« zu ergründen sucht.[13] Schnitzler und andere Autoren der Wiener Moderne wie Hugo von Hofmannsthal, Leopold Andrian und Richard Beer-Hofmann kultivieren personale Erzählstrategien, welche die Empfindungen und Reflexionen einer Perspektivfigur auf unterschiedliche Weise zur Geltung bringen: durch die Extremform des inneren Monologs, den Schnitzler als erster deutschsprachiger Autor bereits um 1900 in seiner Novelle *Lieutenant Gustl* erprobt und 1924 in *Fräulein Else* zu einem subtilen Medium psychologischer Darstellung ausgestaltet – und durch die moderatere Version erlebter Rede, die in Schnitzlers Erzählung *Flucht in die Finsternis* dominiert.

Bereits am Anfang der »Wahnsinnsnovelle« ist die innere Destabilisierung der Hauptfigur deutlich zu erkennen. Unmittelbar vor der Rückkehr des 43-jährigen Sektionsrats von einer durch seine Nervenschwäche erforderlich gewordenen sechsmonatigen Beurlaubung setzt der Text ein: Roberts Vorfreude auf die vertraute Umgebung und seine optimistischen Zukunftsperspektiven nach der vermeintlichen Rekonvaleszenzphase weichen schon bald extremer Labilität. Sie kulminiert in der Vorstellung einer bis zur Ich-Auflösung reichenden Selbstentfremdung und Entwirklichung: »Allmählich kam ihm das Gefühl, als wäre der Moment, den er eben durchlebte, in Wirklichkeit längst vergangen und er selbst [...] ein verschwimmendes Bild seiner eigenen Erinnerung« (6,34–7,5). Als Symptom der beginnenden Diffusion seiner Persönlichkeit hat diese Empfindung, die auch ein gestörtes Zeitbewusstsein verrät, besondere Be-

13 Hermann Bahr, »Die Überwindung des Naturalismus« [1891], in: Bahr (s. Anm. 11) S. 33–102, darin S. 56, 57.

deutung, zumal sie Robert eher erlösend als unheimlich erscheint und in ihm den Eindruck erweckt, »als hätte er mit der Gegenwart sich entzweit« (7,9f.). Später beziehen sich solche Impressionen sogar auf sein gesamtes soziales Umfeld: Robert empfindet alle Angehörigen »wie Schatten der Vergangenheit« und glaubt auch ihnen »nur als blasses Bild durch die Erinnerung [zu] schweben« (84,14–16).

Konsequent ersetzt Schnitzler die Objektivität der Wahrnehmung in dieser Novelle durch spontane Eindrücke seiner Hauptfigur. Auffällig oft leitet er Roberts Assoziationen mit Formulierungen ein, die auf Subjektivierung zielen: »vielleicht« (14,19; 23,8; 24,19–21), »als wenn« (13,32; 27,9), ihm »schien« (13,13), er »glaubte sich zu erinnern« (42,27f.), »ihm war, als wäre« (16,13), er »glaubte zu bemerken« (13,13f.), »ihm ward, als sähe er sie« (83,30f.). So wird dem Leser die Einschätzung nahegelegt, dass die Möglichkeit von Sinnestäuschungen und Fehlurteilen aufgrund von Phobien und Obsessionen bei dieser Figur stets mit einzukalkulieren ist. Mitunter erscheint Roberts pathologisch verzerrte Perspektive auf seine Umgebung nahezu verabsolutiert. Der bereits durch Schnitzlers Erzählverfahren zur Rezeption unter Vorbehalt animierte Leser findet im Verlauf der Handlung immer mehr Bestätigung für seine Skepsis gegenüber der Sichtweise der Figur.

Von hypochondrischen Ängsten gequält, tendiert Robert zu irrationalem Misstrauen, Projektionen und Zwangsvorstellungen; schließlich gerät er vollends in den Sog einer Psychodynamik, die zum Verfolgungswahn führt. Während er in der Anfangsphase seiner Krankheit die ihn überflutenden Ängste noch selbst als illusionär zu erkennen und abzuwehren vermag, gelingt es ihm im fortgeschrittenen Stadium der Paranoia nicht mehr, seelische Regulative zur Selbstrettung einzusetzen. Immer öfter verwechselt er nun subjektive Assoziationen mit der Realität, so dass sich sogar die Grenzen zwischen Innen- und Außenwelt aufzulösen drohen: Einerseits argwöhnt Robert, andere Personen könnten »seine geheimen Gedanken« lesen (97,10), andererseits kommt es ihm vor, »als könnte der düstere Wahn, der ihn selbst verlassen, unabhängig von ihm, wie ein freigewordener böser Geist, in anderen Menschen« weiterwirken (32,8–10).

Auch der Versuch, sich durch die Selbstwahrnehmung im Spiegel psychisch zu stabilisieren, misslingt, als »aus dem trüben Glas« eines bezeichnenderweise zersprungenen Spiegels »in rätselhafter Weise ein fremdes Auge ihn anzublicken« scheint (13,12f.). Diese Erfahrung von Selbstentfremdung stimuliert hypochondrische Ängste (37,14f.; 53,4; 61,24f.). Später fragt sich Robert erschrocken: »War das überhaupt sein eigenes Gesicht?« (76,11f.). Allmählich gerät er immer tiefer in einen psychopathologischen Prozess, der zu wechselseitiger Destabilisierung von Selbstverhältnis und Weltwahrnehmung führt. Schnitzlers Konzeption ist psychologisch konsequent, denn eine relativ stabile Wirklichkeitserfahrung setzt eine gefestigte Identität des Subjekts voraus, die aber ihrerseits der Fundierung durch ein gesichertes Weltverhältnis bedarf. Aus einer labilen Identität ergibt sich ein instabiles Verhältnis zur Realität und umgekehrt.

Bei einem nächtlichen Spaziergang erscheint Robert sogar der Klang der eigenen Stimme als fremd. »Vielleicht ist es gar nicht meine Stimme«, überlegt er daraufhin, »vielleicht bin ich es überhaupt gar nicht selber? Vielleicht träume ich? Vielleicht ist es mein letzter Traum, den ich träume, der Traum auf dem Sterbebett?« (24,19–22). Die Selbstentfremdung mündet hier in die Infragestellung der eigenen Person; die Lebenswirklichkeit scheint sich vollends ins Imaginäre zu verflüchtigen. Und dieser Eindruck beschränkt sich keineswegs auf einen singulären Augenblick. Im Rückblick auf seine Vergangenheit glaubt Robert, jahrelang »haltlos [...] dahingedämmert« (88,1f.), ja sogar sein »ganzes Leben [...] durchgeträumt« zu haben (106,29f.).

Den drohenden Identitätsverlust signalisiert später auch eine Szene, in der Roberts Spiegelbild plötzlich mit dem Gesicht des Bruders zu verschmelzen scheint. Angesichts dieser irritierenden Entgrenzung fragt sich der Kranke sogar, »ob es nicht wirklich das Bild seines Bruders [...] gewesen war, das ihm damals warnend oder drohend aus dem Spiegel entgegengeblickt hatte« (89,22–25). Je weiter Roberts Identitätsauflösung durch den Verlust psychischer Regulative fortschreitet, desto mehr entgleitet ihm die Wirklichkeit und desto stärker neigt er dazu, seine seelischen Befindlichkeiten auf die Außenwelt zu projizieren, bis er diffuse Ängste und vage Assoziationen schließlich mit der Realität gleichsetzt.

Diese Tendenzen entspringen einer pathologischen Egozentrik, die an den Wirklichkeitsverlust Schizophrener erinnert; oft glaubt Robert in den Ereignissen der Außenwelt eine verborgene Beziehung zum eigenen Selbst aufspüren zu können. Schon am Anfang der Novelle erscheint ihm ein Brief seines Bruders »wie ein günstiges Vorzeichen« (6,14). Wenig später empfindet er die Abenddämmerung »gleich einer dunklen Mahnung« (9,10f.). In der Erinnerung an den Wahnsinnsanfall eines Freundes fühlt er, dass darin »vielleicht schon sein eigenes Schicksal geheimnisvoll sich angekündigt hatte« (14,19f.). Solche irrationalen Vorstellungen konstituieren ein Wahnsystem, das auf der Projektion diffuser Bedrohtheitsgefühle auf vermeintliche Ursachen in der Außenwelt beruht. Im fortgeschrittenen Stadium seiner Psychose ist Robert nicht mehr dazu in der Lage, seine Obsessionen selbstkritisch zu hinterfragen.

Bei der Konzeption des Krankheitsverlaufs hat Schnitzler genau das verwirklicht, was er 1913 während der Arbeit an seiner »Wahnsinnsnovelle« als Zielvorstellung im Tagebuch notierte: »einen Grenzzustand, einen Kampf«[14], bei dem der Protagonist seinen abnormen Anwandlungen keineswegs von vornherein hilflos ausgeliefert ist. Gemäß seiner Prämisse, »rein pathologische« Charaktere seien »für die Kunst verloren«[15], gestaltet Schnitzler die Krankheitsentwicklung als einen Wechsel von psychotischen Schüben und Phasen vorübergehender Beruhigung. Der seelischen Disposition und den schicksalhaften Verstrickungen stellt er die energischen Willensanstrengungen des Kranken zur Selbstrettung gegenüber. Lange ist Roberts Psychodynamik von einem Changieren zwischen Heteronomiegefühl und Autonomieanspruch bestimmt. Einerseits glaubt er sich von inneren und äußeren Faktoren determiniert, andererseits will er Verantwortung für sich übernehmen und sehnt sich nach Selbstbestimmung und Authentizität (47,3 f.).

Mehrfach kontrastiert Schnitzler in der Erzählung Wahl (46,11; 50,4) und Schicksal (14,19; 73,33; 83,24; 109,23) oder Vorsehung (58,7); diese Alternative reflektiert auch die um seelische Stabilisierung ringende Hauptfigur selbst: »War mir mein Dasein von Beginn an vorgezeichnet? Oder hab' ich irgendeinmal die Wahl gehabt – die Wahl zwischen Schwäche und Stärke, zwischen Gesundheit und Kranksein, zwischen Klarheit und Verwirrung?« (46,5–9) Diese Alternative glaubt Robert intuitiv zugunsten von Autonomie und Selbstverantwortung entscheiden zu können: »Untrüglich wußte er's mit einemmal, daß ihm die Wahl noch immer in die Hand gegeben war; aber freilich nicht mehr für lange ...« (46,10–12). In seinen *Aphorismen und Betrachtungen* reflektiert Schnitzler die problematischen Konsequenzen des Determinismus:

> »Ohne unseren Glauben an den freien Willen wäre die Erde nicht nur der Schauplatz der grauenhaftesten Un-

14 *Tagebuch 1913–1916* (s. Anm. 1) S. 78.
15 Ebd.

sinnigkeit, sondern auch der unerträglichsten Langweile. Verantwortungslosigkeit hebt jede ethische Forderung [...] auf; das Ich ohne das Gefühl der Verantwortung wäre überhaupt kein Ich mehr, die Erde kein Schauplatz von Tragödien und Komödien, die sich zwischen Individuen abspielen, sondern ein [...] Possenspiel zwischen freiwaltenden Trieben, die sich zufällig in dem einen oder andern Individuum verkörpern.«[16]

Auch Otto, der Bruder des Protagonisten, den Schnitzler in der Novelle als anerkannten Nervenarzt auftreten lässt, postuliert im Gespräch mit Robert Selbstverantwortung. Für das entscheidende Kriterium, um den Schweregrad einer Zwangsvorstellung zu klassifizieren, hält er die Frage, »ob sie sich in Zwangshandlungen umsetzt oder ob sie rechtzeitig korrigiert wird« (59,34–60,1). Wenn der Leidende sein exzentrisches Verhalten noch zu steuern vermag, also darüber »noch eine gewisse Macht behält«, sieht Otto darin »eine Neigung [...] zur Unwahrheit, zur Komödianterei, kurz, ein unanständiges Bestreben, vom wirklichen Ernst des Lebens abzurücken und unbequeme Verantwortlichkeiten abzulehnen« (60,11–16).

Ottos Einschätzung ist durch die Opposition von Freiheit und Zwang, von Autonomie und Heteronomie, von Selbstverantwortung und Determination, also durch ethisch relevante Kategorien bestimmt. Doch Ottos gutgemeinter Appell an Robert, er möge endlich »vernünftig« werden (62,1), erweist sich letztlich eher als kontraproduktiv, weil er den Kranken durch seinen kompromisslosen moralischen Anspruch überfordert und ihn zugleich mit dem Vorwurf konfrontiert, er lasse sich gehen und fliehe vor der Verantwortung.[17] Der besonderen Bedeutung die-

16 *Aphorismen und Betrachtungen* (s. Anm. 8) S. 32.

17 In seinen *Aphorismen und Betrachtungen* schreibt Schnitzler: »Es gibt allerlei Flucht aus Verantwortung: Es gibt eine Flucht in den Tod, eine Flucht in

ses Gesprächs entspricht formal die zentrale Position in der Novelle: im neunten von siebzehn Kapiteln.

Insgesamt hat die asymmetrische Kommunikationssituation zwischen den Brüdern negative Folgen für Robert. Im Bewusstsein eigener Minderwertigkeit bewundert er Ottos Souveränität und sein »pflichtenschweres Dasein« so rückhaltlos, dass ihm »seine eigene Existenz« im Vergleich dazu »wie ohne rechte Würde und ohne tieferen Sinn« erscheint (10,32f.; 11,3–5). Und der erfolgreiche Psychiater signalisiert dem labilen jüngeren Bruder durch seinen »freundlich-spöttischen Ton« (74,27) und sein oft distanziertes Verhalten, das nur in wenigen Augenblicken durch empathische Zuwendung durchbrochen wird (94,32f.; 113,15–19), immer wieder das Bewusstsein eigener Überlegenheit. Da infolgedessen kaum eine Möglichkeit zu paritätisch-offenem Gespräch besteht, bleiben Ottos therapeutische Bemühungen letztlich ohne nachhaltige Wirkung. Erschwert wird eine angemessene Diagnose allerdings auch dadurch, dass Robert das tatsächliche Ausmaß seiner Wahnideen durch geschicktes Taktieren und phantasiereiche Maskerade so lange zu verbergen vermag.

Kunstvoll unterläuft Schnitzler die zentrale Opposition von »Wahl« und »Schicksal«, von Autonomie und Heteronomie, sobald sich die Handlung auf ein von Robert als »Schuldschein« (16,31) empfundenes Dokument konzentriert. Hier inszeniert Schnitzler sogar eine immanente Dialektik der Autonomie. Hypochondrische Ängste (15,22; 53,4), die Robert nach dem Wahnsinnsanfall eines Freun-

die Krankheit und endlich eine Flucht in die Dummheit« (ebd., S. 44). – Thomé betont, dass Schnitzler der Arztfigur Otto eigene Überzeugungen eingeschrieben hat (Horst Thomé, *Autonomes Ich und ›Inneres Ausland‹. Studien über Realismus, Tiefenpsychologie und Psychiatrie in deutschen Erzähltexten (1848–1914)*, Tübingen 1993, S. 711). Zu dem Konflikt, der sich für Schnitzler durch das Postulat der Willensfreiheit im Rahmen einer liberalen Anthropologie und den Determinismus im Zusammenhang mit medizinisch-naturwissenschaftlichen Diskursen ergibt, vgl. dort S. 603–610.

des überfluteten, bildeten den Ausgangspunkt für seine »Forderung an den Bruder«, dieser möge ihn töten, falls er »Vorzeichen einer Geisteskrankheit an ihm entdecke« (15,16–21). Roberts Wunsch war damals vom Anspruch auf Autonomie bestimmt: Er verlangte die Tötung im Falle entsprechender Symptome als Akt »brüderliche[r] Liebe«, und zwar mit dem Argument, dass »in jedem andern Fall der Kranke selbst nach Belieben seinen Leiden ein Ende machen könnte, während eine Geistesstörung den Menschen zum willenlosen Sklaven des Schicksals erniedere« (15,23–28).

Doch gerade diese Intention, die Roberts Wunsch entsprang, an einer durch Willensfreiheit und Autonomie definierten Menschenwürde festzuhalten und der Existenz in geistiger Umnachtung durch einen schon im Vorfeld an den Bruder gleichsam delegierten Suizid zu entgehen, weckt in der Erzählgegenwart irrationale Ängste in ihm. Schließlich formiert sich daraus der fatale Kristallisationskern seines Wahnsystems. Nachdem er Otto einen Brief zur Legitimation des potentiellen Tötungsdelikts geradezu aufgenötigt hatte, fühlte sich Robert zunächst »wie von einem Bann befreit« (16,12 f.). Später jedoch gewinnt das Schriftstück eine prekäre Aktualität; wie ein über ihm schwebendes Damoklesschwert empfindet er nun dieses Dokument, durch das er sich der Willkür seines Bruders ausgeliefert und der eigenen Entscheidungsfreiheit beraubt fühlt. Von dem Verlust der Selbstverfügungsgewalt, ja von Heteronomie sieht er sich ausgerechnet durch das Schriftstück bedroht, mit dem er die Vollstreckung seines Willens auch über die Schwelle möglichen Wahnsinns hinaus gewährleisten wollte.

Subtil stellt Schnitzler die zwischen fixen Ideen und Gedankenflucht (49,11) changierende Psychodynamik seines Protagonisten dar, der zu Rollenspiel und Maskerade tendiert (46,33; 76,14), sich zugleich aber nach Authentizität sehnt (47,3 f.; 61,2–4). Trotz seiner pathologischen Schübe ringt Robert anfangs noch mit Willensenergie um Selbstregulierung und Gesundung (47,3 f.); dabei mobilisiert er auch seine Ratio zur Abwehr der ihn überflutenden Zwangsvorstellungen. Später jedoch gerät selbst sein Verstand in den Sog irrationaler Obsessionen und pervertiert zum Instrument für den weiteren Ausbau des Wahnsystems.

Eine genaue psychologisch fundierte Analyse der Novelle lässt verschiedene Krankheitsstadien zutage treten. Als Robert den selbstverfassten Brief zum ersten Mal als bedrohlichen »Schuldschein« empfindet und auch bereits verhängnisvolle, durch Wahnsinn verursachte ärztliche Diagnosefehler für möglich hält, ruft er sich sofort zur Räson: »Er wollte sich's nicht länger gefallen lassen, daß krankhafte Grübeleien ihn wehrlos in das trübe Land schwankender Möglichkeiten trieben, wo das Höchstwahrscheinliche und das kaum Vorstellbare in unlauterer Nähe beisammenwohnten« (17,13–17).[18] Fast hellsichtig wirkt die Entschiedenheit, mit der Robert hier differenziert. Denn gerade die wichtige Grenze zwischen dem »Höchstwahrscheinliche[n]« und dem »kaum Vorstellbare[n]« weiß er später nicht mehr zu ziehen. In der selbstkritischen Reflexion des Kranken zeichnet sich bereits das Grundmuster ab, das für seine Wahnideen schließlich charakteristisch wird: Eine bloße Denkmöglichkeit bekommt den Anschein von Realität – mit weitreichenden Konsequenzen auf der Handlungsebene. Dieser psychische Mechanismus ist bereits wirksam, als sich Robert nicht mehr konkret an den Abschied von seiner früheren Geliebten Alberta erinnern kann. So fragt er sich verängstigt, ob er sie vielleicht aus Eifersucht getötet hat (30,2 f.).

18 Eine analoge Einschätzung formuliert Schnitzler in seinen *Aphorismen und Betrachtungen* (s. Anm. 8): »In der Vorstellung des Hypochonders spielen die Möglichkeiten eine größere Rolle als die Wahrscheinlichkeiten. Und auch eine geringe Wahrscheinlichkeit wandelt sich bei ihm ohneweiters zur fixen Idee« (S. 270).

Aus zwei Gründen wird diese Hypothese für ihn immer wahrscheinlicher: Erstens kann sich Robert durchaus an Anfälle zorniger Eifersucht erinnern, die ihn beinahe bis zum »tätlichen Angriff« getrieben haben (37,31). Und zweitens kann er sich seine eklatante Gedächtnislücke nur mit der Verdrängung eines durch Mord bedingten psychischen Traumas erklären (38,12–18). Dieses rational nachvollziehbare Deutungsmuster weist eine Affinität zu Theorien der Psychoanalyse auf und wird von Schnitzler hier für die Gestaltung einer Paranoia eingesetzt.

Der zündende Funke dieser Wahnidee, die abermals eine bloße Vorstellung mit der Wirklichkeit identifiziert, veranlasst Robert zu radikalen Selbstverdächtigungen: Wenn er »in einem Dämmerzustand einen Mord begangen, so lag alles andere gleichfalls im Bereiche der Möglichkeit; vor allem List und Tücke jeder Art, um das Verbrechen zu verschleiern« (30,12–15). Obwohl Robert seine inneren Selbstbezichtigungen schon bald als bloße »Wahnidee[n]« verwirft (31,3f.), meint er später sogar, er könne vor zehn Jahren auch seine plötzlich verstorbene junge Frau Brigitte ermordet haben.

In der Retrospektive auf Roberts Ehe zeichnet sich seine Grundproblematik ab, die ihm die soziale Interaktion erheblich erschwert: eine tiefreichende emotionale Instabilität, die auch in extremen Ambivalenzen Ausdruck findet. Im Rückblick auf das frühere Gefühlskonglomerat aus Liebe, »Verzweiflung« und einer »bösen Ungeduld« (39,24f.; 39,16) gegenüber seiner Frau fragt er sich: »wo war der Beweis«, dass seine übermächtige Sehnsucht nach Befreiung nicht »Wille, daß der Wille nicht endlich Tat geworden« (39,34–40,3) und Brigitte einem Giftmord statt einem Herzschlag zum Opfer gefallen war?

Seinen gravierenden Denkfehler erkennt Robert selbst nicht: die Umkehr der Beweislast zu seinen Ungunsten. Obwohl für eine Anklage gegen ihn reale Schuldindizien zusammengetragen werden müssten, glaubt er selbst zu einem Beweis seiner Unschuld verpflichtet zu sein. Die Ursache dafür liegt in Schuldgefühlen, die durch seine schwer kontrollierbaren Aggressionen bedingt sind. Zwar reflektiert Robert über seine emotionalen Ambivalenzen, aber zu bewältigen vermag er das extreme Beziehungsmuster der Hassliebe[19] dadurch nicht.

Die notorische Selbstverdächtigung erzeugt imaginäre Rechtfertigungszwänge, durch die Robert seelisch immer mehr unter Druck gerät. Zugleich bildet sich im Zusammenhang mit seiner krisenhaften Labilität, die ein selbstbewusstes Leben verhindert und vertrauensvolle Kontakte erschwert, ein Gefühl untergründiger existentieller Gefährdung heraus, das Robert auf andere Menschen projiziert. So wird das soziale Umfeld zusehends durch Wahnphantasien verzerrt und ins Bedrohliche stilisiert. In diesem Sinne sind wohl auch die Zwangsvorstellungen zu verstehen, die der Kranke seinem Bruder Otto eingesteht: Aus Angst, vergiftet zu werden, habe er im Gasthof das nachts für ihn bereitgestellte Wasser nicht zu trinken gewagt (59,8–14). Der hier schon erkennbare, allerdings noch diffuse Verfolgungswahn erhält später einen konkreten Adressaten: als Robert seinen Bruder verdächtigt, er wolle den Legitimationsbrief durch Vergiftung einlösen (93,27; 96,15 f.).

Sowohl Roberts Schuldwahn als auch seine Bedrohtheitsgefühle, die er bis zum Verfolgungswahn auf andere projiziert, sind durch pathologische Egozentrik bedingt. Jedes Ereignis in seiner Umgebung bezieht Robert auf sich selbst; dabei identifiziert er angstbesetzte Denkmöglichkei-

19 Selbst seine Verlobte Paula wird für ihn zum Objekt negativer Projektionen (57,15–26), zu einem Beispiel »für das unheimliche Auf und Nieder seiner Empfindungen, die demselben Menschen gegenüber von opferbereiter Zärtlichkeit und verzehrender Leidenschaft bis zu Abneigung, Widerwillen, Grimm, Wut und Todeswünschen zu schwanken vermochten« (57,33–58,3).

ten vorschnell mit der Wirklichkeit. An diesem pathologischen Grundmechanismus vermag auch ein Brief Albertas nichts mehr zu ändern, der seine Selbstbeschuldigung, er habe sie ermordet, zweifelsfrei widerlegt (70,1).

Obwohl Robert der emotionalen Bindung an seinen Bruder Otto singuläre Bedeutung beimisst (6,1–4; 107,11–19), gerät er so sehr in den Bann seiner fixen Idee, dass sie sich im tödlichen Finale zum entscheidenden Handlungsmotiv verabsolutiert. Den Gedanken, dass Ärzte »selbst irrsinnig werden und einen geistig Gesunden für geisteskrank halten« können (17,9f.), den Robert zunächst verworfen hat, bezieht er später konkret auf den Bruder: »Ob es sich nicht so verhielt, daß Otto, der in seiner eigenen Seele die ersten Zeichen einer Verstörung zu erkennen glaubte […], das Unheil in satanischer Weise von sich abzuwenden versuchte, indem er es in eine andere, seiner Ansicht nach längst dafür vorbestimmte Seele, in die des eigenen Bruders hinüberdeutete?« (76,34–77,6).

In dieser magisch-dämonischen Angstprojektion, die bereits das ganze Ausmaß seiner Psychose erahnen lässt, verschiebt Robert die eigene seelische Erkrankung auf den Bruder. Doch psychische Entlastung erreicht er dadurch nicht. Denn die nach außen projizierte Bedrohung schlägt auf ihn selbst zurück, sobald er sich als potentielles Opfer seines Bruders sieht. Eine Umkehrung der realen Gegebenheiten zeichnet sich ab, wenn Robert die folgende Konstellation konkret auf seine eigene Situation mit Otto bezieht: »Wie oft schon hatte man gehört und gelesen, daß ein Wahnsinniger die Gesunden in seiner Umgebung für wahnsinnig hielt« (77,6–8).

Angesichts der fortgeschrittenen Paranoia ist es erstaunlich, wie geschickt Robert seinen Zustand noch zu kaschieren vermag. Bis kurz vor der Katastrophe erhält er mit enormer Selbstdisziplin die Fassade aufrecht. In einer Kontroverse behauptet er sogar: »ich verstehe nicht das geringste von Abgründen. In meiner Seele herrschen höchst geordnete Verhältnisse« (66,28–30). Kalkül und Maskerade bestimmen auch das Gespräch, in dem er das fatale Dokument, von dem er sein Schicksal abhängig glaubt, von Otto zurückerbittet (86,3–87,30). Hinter der vernünftigen Oberfläche von Roberts Gesprächsführung verbirgt sich aber eine psychotisch strukturierte Tiefenschicht. Dass ihm der Bruder den Brief wenig später tatsächlich übergibt, führt nur vorübergehend zur Beruhigung des Kranken, nicht aber zur Beseitigung der Krisensituation. Denn im Zentrum seines Wahnsystems steht auch weiterhin die fixe Idee, sein Leben sei durch Otto bedroht. Schon kurz darauf unterstellt Robert seinem Bruder eine infame Strategie: »Warum hat er den Brief herausgesucht? [...] Will er mich in Sicherheit wiegen? Ja. Das ist's. Er nimmt es auch ohne Brief auf sich. [...] Nun denkt er, daß ich ihm nicht mehr entgehen kann« (95,4–11). Bis zum desaströsen Finale ist das Geschehen nun ganz von Verdacht, Maskerade und irrationalen Selbstrettungsimpulsen bestimmt. Sogar eine harmlose Abendeinladung Ottos versteht Robert groteskerweise als Vorbereitung zum Giftmord (96,15–17). Der vermeintlichen Gefahr versucht der Paranoiker durch einen mysteriös motivierten Fluchtversuch zu entkommen, der selbst die arglose Verlobte Paula Verdacht schöpfen lässt (98,30–101,18).

Die Lebensgeschichte, die Robert an seinem Zufluchtsort niederschreibt, endet mit den obskuren Worten: »Ahnung eigener Mitschuld an der Wahnidee meines Bruders. Wir beide vielleicht Erscheinungsformen ein und derselben göttlichen Idee? Einer von uns beiden mußte ins Dunkel. Es ward über ihn verhängt, obwohl früher meine Schale hinüberneigte« (106,10–14). Hier mündet die existentielle Bedrohung durch die eigene Psychose in fragwürdige metaphysische Spekulationen über eine vermeintlich essentielle Schuld und ein von der Vorsehung bestimmtes imaginäres Verhängnis, das für Autonomie und Selbstverantwortung keinen Raum mehr lässt.

Wie tief Robert ins Labyrinth seiner Seelenfinsternis geraten ist, zeigt die irrationale Psycho-Logik seines Wahnsystems, der noch kurz vor dem Finale eine Idee von dialektischer Finesse entspringt. Robert, der zu Recht davon ausgeht, dass er seinen Bruder gerade durch die Flucht auf seine Spur gelockt hat, spinnt seinen Verfolgungswahn konsequent weiter: »vor der fixen Idee eines Wahnsinnigen war er doch nirgends in Sicherheit, und am Ende konnte ihn dieses Bewußtsein dauernder Gefahr [...] in Wirklichkeit um den Verstand bringen«, so dass er gerade damit Ottos »Wahnidee bestätigt hätte« (109,17–23). Hier stößt Robert im Hinblick auf die möglichen Folgen von seelischem Dauerstress bis zu einer wahrhaft abgründigen Hellsichtigkeit vor – allerdings projiziert er die eigene Paranoia in einer grandiosen Fehlleistung auf den Bruder.

Gerade weil Schnitzler für die weitgehend personal erzählte Novelle das Medium der erlebten Rede und des inneren Monologs nutzt, um die psychotische Innenwelt seiner Hauptfigur intensiv zu gestalten, gewinnen die sparsamen Signale auktorialer Wertung umso größeres Gewicht. Sie relativieren die eklatanten Fehleinschätzungen, die durch Roberts pathologischen Subjektivismus bedingt sind. In der Schlusspartie, in der Otto seinen Bruder tief erschüttert in die Arme schließen will, heißt es: »[...] die Worte versagten ihm. In seinen Augen war Angst, Mitleid und Liebe ohne Maß. Doch dem Bruder bedeutete der feuchte Glanz dieses Blickes Tücke, Drohung und Tod« (113,12–15). Das fatale Missverständnis forciert Schnitzler durch gezielte Verwendung von Superlativen bis zum Extrem; zugleich zeigt er damit das ganze Ausmaß der psychotischen Symptomatik:

Während Otto den Kranken in der Umarmung »durch die rückhaltlose innigste Gebärde seiner brüderlichen Zärtlichkeit zu versichern« versucht, empfindet Robert diese Situation als »Augenblick der höchsten, der entsetzlichsten Gefahr« (113,18–22) und tötet den Bruder im Zustand der Unzurechnungsfähigkeit – weil er glaubt, er könne sich nur noch durch Notwehr vor ihm retten.

Dominierte in der Novelle bislang die Flucht des Protagonisten *vor* der Finsternis, jedenfalls solange er im Bedürfnis nach Gesundheit, Autonomie und Authentizität seinen Kampf gegen den Wahnsinn führt, so steht am Ende die Flucht *in* die Finsternis: »noch nicht zum Bewußtsein seiner Tat gelangt, nur erst in der Ahnung des Grauenhaften, Unwiderruflichen, das geschehen war« (113,32–34), stürmt Robert hinaus in die kalte Winternacht, »nichts in sich als den festen Willen, niemals zur Besinnung zu kommen – durch eine klingende blaue Nacht, die niemals für ihn enden durfte« (114,8–10). Diese Vorstellung der Unendlichkeit entspricht der psychischen Diffusion, die bis zur Identitätsauflösung reicht. Der zur Ewigkeit erweiterten Flucht ist de facto aber nur eine kurze Dauer beschieden: Schon drei Tage später entdeckt man Roberts Leiche an einem Abhang.

Die Schlusspartie der Erzählung erhält dadurch eine Sonderstellung, dass Schnitzler sie aus dem personalen, auf das Innenleben der Hauptfigur konzentrierten Erzählduktus herausnimmt. Insofern weist sie formale Analogien zum Herausgeberbericht in Goethes *Werther* und zu Erzählstrategien auf, die Schnitzler selbst – ebenfalls nach dem Tod der Hauptfigur – für seine Erzählung *Der letzte Brief eines Literaten* wählt. Der ins Offene mündenden Schlussperspektive, die den Leser durch skeptische Relativierung zu einer eigenen Bewertung herausfordert, entspricht formal die Aposiopese des letzten Satzes.

Am Ende der Novelle stehen Tagebuchnotizen von Doktor Leinbach, der sich über die autobiographischen Aufzeichnungen und die Katastrophe seines Freundes eigene Gedanken macht: Die medizinische Diagnose[20] »Verfolgungswahn« (114,24) reflektiert er kritisch, indem er sich fragt, ob der Begriff »Zwangsvorstellungen« nicht bloß »eine Ausflucht bedeutet – eine Flucht ins System aus der friedlosen Vielfältigkeit der Einzelfälle« (115,2–5). Solche Etikettierungen, die durch medizinische Systemzwänge bedingt sind, führen nach Leinbachs Ansicht zu einem Eskapismus, weil sie dem individuellen Schicksal des Kranken nicht gerecht werden.

Gerade hier eröffnen sich besondere Möglichkeiten für den psychologischen Realisten Schnitzler, der auch in Aphorismen wiederholt seine Skepsis gegenüber jedwedem Dogmatismus und rigiden Systemanspruch formuliert.[21] In deutlicher Distanz zur materialistischen Medizin seiner Epoche und in einer Affinität zur ›verstehenden Psychiatrie‹[22] beleuchtet er in seiner »Wahnsinnsnovelle« das komplexe Krankheitsbild eines Individuums im sozialen Kontext. Als Alternative zur medizinischen Diagnose von außen bietet sich die Innenperspektive personalen Erzählens an, das Schnitzler so oft für seine Werke wählt. An die Stelle des ›Falles‹, der diagnostisch objektiviert und der medizinischen Systematik überantwortet wird, tritt die Fiktionalität einer singulären Lebensgeschichte, die durch

20 Bei der Konzeption des Verfolgungswahns orientiert sich Schnitzler an Krafft-Ebings Darlegungen zum Syndrom der Paranoia persecutoria (Richard von Krafft-Ebing, *Lehrbuch der Psychiatrie*, 7., verm. und verb. Aufl. Stuttgart 1903, S. 394–412).

21 Vgl. *Aphorismen und Betrachtungen* (s. Anm. 8), S. 7, 26.

22 Vgl. dazu Thomés Einleitung zu Schnitzlers *Medizinischen Schriften* (s. Anm. 5), S. 11–59, darin S. 25f., 31–42. Außerdem: Müller-Seidel (s. Anm. 2) S. 24f., 36–39. Zur Problematik der Krankheitsdiagnose in Schnitzlers *Flucht in die Finsternis* vgl. ebd., S. 74–76.

Verfahren erzählerischer Subjektivierung einem tieferen Verständnis erschlossen wird.

Dies geschieht nicht nur im Medium personalen Erzählens, sondern auch durch bildhafte Darstellung, die der egozentrischen Perspektive des Kranken Rechnung trägt, indem sie dessen psychotisch verzerrte Wahrnehmung symbolisch überformt. Dazu gehört die psychologisch aufschlussreiche Tür- und Schwellensymbolik der Anfangs- und Schlusspartie (5,2–6; 112,9–13), die der Novelle einen motivisch konsequent gestalteten Rahmen gibt, und die Verwendung auffälliger Hell-Dunkel-Kontraste, die nicht nur dort von leitmotivischer Bedeutung sind, wo Robert selbst ausdrücklich über das »Dunkel in meiner Seele« reflektiert (72,34–73,1). Wenn Schnitzler seinen Protagonisten schon zu Beginn »durch einen langen Tunnel in die abendliche Felsenlandschaft« fahren (9,20f.) und kurz vor der Katastrophe im Traum »auf einem schmalen Gebirgskamm« hinschreiten lässt, »Abgründe zu beiden Seiten, mitten durch eine wundervolle, blaue Winternacht« (111,19–21), schafft er suggestive Seelenlandschaften.

Durch ihren symbolischen Gehalt reichen sie über einen psychologischen Realismus weit hinaus. Schnitzler erklärte 1927, zehn Jahre nach dem Abschluss und vier Jahre vor der Veröffentlichung der *Flucht in die Finsternis*: »Jeder Dichter ist Realist und Idealist, Impressionist und Expressionist, Naturalist und Symbolist zugleich, oder er ist überhaupt keiner.«[23] Dass diese These auch für ihn selbst gilt, zeigt seine »Wahnsinnsnovelle« auf eindrucksvolle Weise.

23 *Aphorismen und Betrachtungen* (s. Anm. 8), S. 104.

Inhalt